KB263081

노빈손의 으랏차차 중국 대장정

초판 1쇄 펴냄 2003년 12월 18일
초판 25쇄 펴냄 2017년 7월 24일

지은이 강영숙 한희정
일러스트 이우일
펴낸이 고영은 박미숙

편집이사 인영아 | 뜨인돌기획팀 이준희 박경수 김정우 이가현
뜨인돌어린이기획팀 조연진 임솜이 | 디자인실 김세라 이기희
마케팅팀 오상욱 여인영 | 경영지원팀 김은주 김동희

펴낸곳 뜨인돌출판(주) | 출판등록 1994.10.11(제406-251002011000185호)
주소 10881 경기도 파주시 회동길 337-9
홈페이지 www.ddstone.com | 노빈손 www.nobinson.com
대표전화 02-337-5252 | 팩스 031-947-5868

ⓒ 2003 강영숙, 한희정, 이우일
'노빈손'은 뜨인돌출판(주)의 등록상표입니다.

ISBN 978-89-5807-191-4 03810
CIP제어번호 : CIP2010002844

어린이제품안전특별법에 의한 제품표시	
제조자명 뜨인돌 **제조국명** 대한민국 **사용연령** 만 8세 이상 어린이 청소년 제품	**전화번호** 02-337-5252 **주소** 경기도 파주시 회동길 337-9

노빈손의 으랏차차 중국 대장정

강영숙 · 한희정 지음 | 이우일 일러스트

뜨인돌

진시황(秦始皇)이 즉위하여 여산에 치산 공사를 벌였다.

지하수를 세 번 지날 만큼 땅을 깊이 파고 녹인 구리를 부어 곽에 이르게 했다.

장인들로 하여금 자동으로 발사되는 기계장치가 된 쇠뇌를 만들게 하여,

접근하는 자가 있으면 즉시 발사되도록 했다.

진시황의 지하궁은 기계를 이용해 수은이 흐르게 하여

온갖 하천과 강, 바다를 만들고,

인어기름으로 초를 만들어 영원히 꺼지지 않도록 했다.

— 사마천의 《사기(史記)》 중 —

뭐, 노빈손이 또 실종됐다고?

이글거리는 사막에서 반쯤 통구이가 되고, 산 채로 미라가 될 뻔하다가 간신히 이집트를 벗어난 지 얼마나 됐다고…. 이쯤 되면 세계여행이고 뭐고 다 포기하고 집에 돌아가야 하는 것 아니야?

무슨 소리, 노빈손은 벌써 다음 여행지로 걸음을 옮기고 있는 걸―.

13억이나 되는 인구에다가 한반도 면적의 49배인 거대하고 광활한 땅. 어때, 이 정도면 짐작이 가지?

노빈손, 이번엔 중국이닷―.

의리의 검을 뽑아 든 강호의 협객들, 최초의 황제 진시황의 넘치는 카리스마, 그리고 할리우드 액션 영화보다 더 영화 같은 소림사 초절정 무술 대가들과의 만남까지…. 거기다 엽기적인 재료로 만든 중국음식도?

거대한 용의 나라 중국, 생각만 해도 가슴 벅차지 않아?

중국은 세계 4대 문명의 발상지 중 유일하게 현재까지 그 명맥을 유지하고 있는데, 우리나라와는 역사적·경제적·문화적으로 밀접하게 연관되어 있어. 세계 지도를 한번 쫘악 펼쳐 봐. 우리가 살고 있는 한반도와 맞붙어 있지? 이렇게 지리적으로도 뗄래야 뗄 수 없는 인연을 맺고 있는, 이웃사촌인 중국과 우리나라는 때로는 침략자로 또 때로는 조력자로 수천 년을 함께해 온 가깝고도 먼 사이라고나 할까. 참, 같은 한자 문화권인데다가 중국의 유교 문화를 우리가 받아들여 지금까지 전통 문화로 계승해 오고 있는 것 역시 빼놓을 수 없지.

또 중국의 4대 발명품인 종이, 화약, 나침반, 활판 인쇄술은 우리나라뿐 아니라 서유럽, 나아가 전세계에 큰 영향을 미쳤어. 중국을 빼고 세계사를 논하기 어렵다는 말이 있을 정도니까 말야. 앞으로 세계화를 향한 중국의 노력이 있는 한, 중국의 막강한 영향력은 계속될 듯해. 중국에 대해 알아가는 건 동양에 대해, 나아가 세계에 대해, 그리고 세계 속의 우리나라에 대해 알게 되는 색다른 계기가 되지 않을까?

광활한 대륙, 무한한 가능성의 나라 중국에 도착한 노빈손.

이번 여행은 좀 순조로우려나 했지만, 역시나 꼬이고 또 꼬인다. 불로초 과다복용으로 무덤에서 벌떡 일어난 진시황이 발목을 잡는가 하면, 자신을 손오공이라고 착각하는 원숭이한테 동생 취급을 받기도 하고, 거기다 어디서 많이 본 듯한 절세미녀 양귀비가 날리는 강력 펀치까지. 이거, 어째 여행이 아니라

완전히 극기 훈련이잖아~.

하지만 천하의 노빈손이 그만한
일에 좌절할 수는 없지. 노빈손
가는 길에 어려움은 있어도 두려
움은 없다구.

책 속 사진자료를 위해 도움을 주신
중국전문가 조창완 님과 중국 산동 TV
카메라맨 Zhouhan, 항상 곁에서 많은 영감을 주시
는 만화가 김진태 님, Jerry Smith, 부모님께 깊은 감사를
드린다.

중국대륙보다 더 넓은 배포를 가진 노빈손의 활약을 기대하면서 다 함
께 신비하고 위대한 중국 문화와 역사 속으로 풍덩—.

2003년 12월
강영숙 · 한희정

등.장.인.물. & 등.장.동.물.

노빈손

아무 생각 없이 약장수 할아버지를 따라 병마용갱에 갔다가 덜컥-진시황의 지하무덤에 빠져 버린 억세게 운수 사나운 주인공. 그곳에서 뜻밖에 이상형의 여인(?)을 만나게 되고, 그녀를 구하기 위해 몇 안 되는 머리카락을 휘날리며 오늘도 쉴 새 없이 광활한 중국대륙을 누빈다.

진시황 (秦始皇)

중국을 최초로 통일한 황제. 불로불사를 위해 일 년 365일 내내 약을 달고 살다 결국 약물 과용으로 인한 부작용과 수은 중독에 시달린다. 의심이 많아 걸핏하면 주변 사람들을 범죄자로 몰아 응징하며, 혹시 누군가에게 암살당하지나 않을까 하여 잘 때도 눈을 뜨고 자는 이상성격의 소유자. 어리버리한 갈가리 박사를 이용해 복제인간으로 거듭나려는 그의 검버섯 핀 욕망은 과연 실현될 수 있을까?

사마구 (司馬句) 할아버지

'국민건강 증진의 숨은 공로자'라고 주장하는 떠돌이 약장수. 무릎까지 내려오는 흰 수염은 그의 트레이드마크로 이불, 목도리, 채찍 등 다양한 용도를 자랑한다. 80 평생 안 해본 일이 없을 정도로 갖가지 직업을 전전, 누구도 그의 정체를 확실히 아는 사람은 없다. 제보를 기다린다, 연락주시라~.

손오공 (孫悟空)

자신이 사람인 줄 철석같이 믿고 있는 원숭이. 사마구 할아버지와 한 팀을 이뤄 환상적인 하모니를 만들어 내는 드림 차력팀의 일원이자, 금발의 털이 바람에 날리는 순간을 즐기는 낭만 원숭이기도 하다. 노빈손을 어릴 때 잃어버린 자신의 동생이라 여기며 알뜰살뜰 챙겨 준다.

끝내주는 화장발로 양귀비와 똑 닮게 된 탓(?)에 진시황의 눈에 들게 된 귀비. 그러나 성격만큼은 진시황 못지않게 막무가내다. 미스터 호위병 선발대회에 나온 노빈손을 보고 첫눈에 반한, 특이한 취향을 가진 비운의 여인.

시대를 앞서가도 너무 앞서가는(?) 탓에 학계에서 외면당하며, 무엇에 쓰는 물건인지도 모를 해괴망측한 발명품들을 만들어 내 주변 사람들을 경악시키는 인물. 자신을 띄엄띄엄 보는 세상을 놀래기 위해 진시황의 인간복제 프로그램을 실행시키나, 오히려 진시황의 횡포와 변덕 때문에 땀띠 나게 고생한다.

빳빳한 밤송이 수염에 우락부락한 외모와는 달리 십자수가 취미인 요리사. 허리춤에 휴대한 무시무시한 무기들은 알고 보면 여러 가지로 응용이 가능한 주방용품이라나. 주방장이 되기 위해 소림사를 찾아가던 중 노빈손을 만나 복숭아 나무 아래에서 도원결의, 아니 도시락결의를 맺는다.

대학에 세 번 떨어지는 바람에 홧김에 출가하여, 지금은 소림사의 주지스님인 동시에 불교계의 큰 인물로 여러 사람의 존경과 사랑을 한 몸에 받고 있는 인생 역전의 주인공. 노빈손의 험난한 여행길에 귀한 등불 하나를 밝혀 주는 플래시와 같은 존재이다.

차례

사 四

오 五

육 六

후 後

전
前

풀리지 않는 점괘

따르릉—

"어이, 거기 비켜. 길 한복판에서 뭐 하는 거야? 안 그래도 사람 많고 비좁은데 닭다리로 맞고 싶어?"

휘청거리는 자전거의 중심을 간신히 잡은 남자는 거칠게 쏘아붙였다. 노빈손이 사과할 사이도 없이 비틀거리며 사라져가는 남자의 자전거 뒤로, 털 뽑힌 닭들이 주렁주렁 거꾸로 매달려 이리저리 흔들리고 있었다. 그제야 노빈손은 이곳이 중국의 시장 한복판임을 새삼 실감했다.

"중국까지 와서 닭다리로 얻어맞을 수야 없지. 정신차리자. 홉—."

노빈손은 눈을 부릅뜨며 주변을 둘러보았다.

풍경만 놓고 본다면 이곳은 우리나라의 왁자지껄한 재래시장과 다를 바가 없었다. 천여 개는 족히 될 듯한 천막이 끝이 보이지 않을 만큼 즐비하게 늘어서 있고 거기다 물건값을 흥정하는 사람들까지, 영락없는 우리네 시골 장터의 모습이었다.

그때, 낯선 목소리가 날아들어 노빈손의 생각을 방해했다.

"살아 있어도 산 게 아니고 죽어도 죽은 게 아니니, 신기한 관상이로다. 허허, 목숨이 족히 서넛은 될 놈이야."

돌아보니 길 한쪽에 좌판을 편 점쟁이였다.

중국인의 또 다른 발, 자전거

중국에 도착하면 가장 먼저 보게 되는 것 중 하나가 바로 거리에 끝없이 이어진 자전거 행렬이다. 중국인들은 등하교, 출퇴근시 자전거를 이용한다. 오염물질을 배출하지도 않고 또 운동도 되는 자전거를 매일 타는 대다수 중국인들은 날씬하고 튼튼한 다리를 자랑한다. 고로 중국에서 허벅지가 굵은 사람을 보게 되면 자전거를 타지 않아도 되는, 자동차를 가진 부자들이라고 생각하면 된다.

맛없는 닭고기를 어떻게
먹어?
닭, 오리, 비둘기, 거위
를 중국인들이 좋아하는
순서대로 배열하면 거위
가 으뜸이요, 그 다음이
비둘기, 그 다음이 오리,
그리고 제일 마지막이
닭고기라 한다. 거위 고
기는 너무 비싸 일반 가
정에서는 자주 먹기 힘
들고, 비둘기 고기는 그
맛이 일품이라 없어서
못 먹는다나. 결국 제일
흔한 닭고기가 중국에서
는 찬밥 신세라고.

"뒤로 넘긴 고비가 수차례요 앞으로 넘어야 할 고비가 수
차례니, 운이 좋다고 해야 할지 나쁘다고 해야 할지. 정말 특
이한 관상이로고. 허허."

"네, 넷? 저 말씀이세요?"

"당연히 너지. 그렇게 특이한 인상이 어디 그리 흔한 줄 알
아? 좋았어, 너의 그 기구한 운명에 내 한턱 쏜다. 복채 걱정
일랑은 말고 이리 와 봐."

시장 한복판에서 점이라니… 보나마나 사이비 점쟁이일
거야. 노빈손은 점쟁이의 손길을 손사래를 치며 마다했다.

"에이, 전 점 같은 건 안 봐요. 인생은 다 자기가 개척하기
나름이지, 점 같은 게 무슨 소용 있어요?"

"내 오늘 팍, 팍, 손해 본다. 좋다, 그럼 반만 내렴."

"안 본다니까요."

"어쭈~ 반의 반. 그 이하는 절대 안 돼."

중국의 물가는 우리나라에 비하면 꽤 싼 편인데 거기다가
반의 반 가격이면 공짜나 다름없었다. 물론 인생은 개척하는
자의 몫이라는 걸 경험을 통해 잘 알고 있는 노빈손이었지만
이 정도의 가격이라면 점보기를 운명으로 받아들여야 하지
않을까? 이게 다 바겐세일이라고 하면 흥분부터 하는 엄마의
혈통을 이어받았기 때문이다.

노빈손이 망설이고 있는 사이, 점쟁이 아저씨는 연통을 들
어 내밀었다.

"자, 한 개 뽑아라."

연통 속에는 가늘고 길게 손질된 대나무가 빼곡히 들어 있었다.

"이게 뭔데요?"

"뭐긴 뭐야 파자점(破字占) 통이지. 파자란 나눌 파(破)에 글자 자(字), 그러니까 글자를 나누어 그 의미를 해석하는 거란다. 여기 대나무 꼬챙이 끝에 한자가 적혀 있지? 중국에선 예부터 이 파자점으로 나라의 앞일이나 개인사를 들여다보았단다. 자, 어서 뽑아 봐라."

가느다란 대꼬챙이가 말해 주는 운명을 얼마나 믿을 수 있을까 싶었지만 손끝은 이미 대꼬챙이로 향하고 있었다. 노빈손은 가장 좋은 운명을 선별하기 위해 대꼬챙이들을 하나하나 더듬으며 고심한 후, 하나를 쑤욱 뽑아 들었다.

"어디 볼까? 순(順), 순할 순 자라. 음….."

점쟁이 아저씨는 제법 진지한 표정으로 파자 해석을 시작했다.

"자네는 이번 여행을 통해 이상형의 여인을 만나게 될 거야."

이상형의 여인을 만날 수 있다라고라?

노빈손의 눈이 금세 초롱초롱해졌다.

"이상형이요? 우와! 정말이에요? 언제 어디서 만나게 되는데요?"

중국의 물가가 전반적으로 우리나라에 비해 싼 것은 사실이다. 하지만 지역별로 차이가 있다. 북경이나 상해와 같은 대도시는 물가가 상당히 높은 반면, 지방 중소도시는 주로 중국산품을 많이 취급하므로 비교적 낮다. 전체적으로 봤을 때 중국 물가는 공산품은 우리나라의 1/3 수준이며, 음식값은 1/5 정도로 보면 된다.

"예끼, 이게 무슨 700 옥동자 미래 예언 서비스인 줄 알아? 그걸 알면 내가 여기 있냐? 험, 순(順) 자는 내 천(川) 자에 머리 혈(頁) 자가 합해진 거니까… 그렇지, 개천에서 머리를 감는 여인이 바로 자네 인연이야. 그 여인은 이승과 저승을 통틀어 자네와 가장 잘 어울리는 찰떡궁합이니 절대 놓치지 말게나."

오, 신이시여! 매번 죽도록 고생만 하는 여행에 웬일로 보너스를 안겨 주시다니—. 감동의 물결이 밀려와 눈언저리를 적셨다.

꿈에 그리던 이상형이라…. 영화나 드라마에 등장하는 예쁜 누나들을 떠올리자 노빈손은 얼굴이 달아올랐다. 더구나 개천에서 머리를 감는 여인이라면 샴푸의 요정쯤 되지 않을까? 오오오~ 또 한 번 감동, 감동….

"그런데, 아저씨. 중국이 워낙 땅덩어리가 넓잖아요. 이 큰 땅에서 이상형만 찾아다니다가 결혼도 못해 보고 죽으면 어쩌죠?"

"네 얼굴을 보니 정말 헤매다가 총각귀신이 될 상이다. 좋다, 내 선심 한 번 더 쓰지. 너의 이상형은 병마용갱(兵馬俑坑) 부근에서 찾을 수 있을 게야."

말숙이한테 좀 미안하긴 하지만 인생에 유일한 이상형을 만나게 된다니, 노빈손은 벌써부터 가슴 두근거리는 로맨스의 주인공이 된 것 같아 하늘로 날아오르는 기분이었다. 얏호~!

"엇, 잠깐만."

점쟁이 아저씨가 순(順) 자가 적혀 있는 꼬챙이를 뒤집자 꼬챙이가 두 개 더 있었다. 한 개를 뽑는다는 것이 그만 세 개를 뽑아 들었던 것이다.

"세 개를 뽑았나 봐요. 다시 할까요?"

"그렇게 간단하지가 않아. 이렇게 같이 뽑힌 건 다 나름대로 이유가 있어서라고. 어디 보자, 이건 돌아올 회(回)와 달릴 주(走)…!?"

점쟁이의 얼굴이 순간 새파래졌다.

"왜 그러세요? 무슨 뜻인데요?"

1974년 우물을 파던 농부에 의해 발견된 병마용갱은 길이 230m, 너비 62m에 군사 8,000여 명과 말 500여 필, 전차 130대가 11줄로 늘어선 지하군진이다. 황제의 경호와 정권 옹호를 위해 편성된 친위대는 황제가 죽을 때 산 채로 함께 묻히는 대신, 그들 그대로 본뜬 도기 인형으로 만들어져 무덤 곁에 묻혀 지금까지도 시황제를 호위하고 있다.

“이상타. 이렇게 괴이한 일이…. 내 파자점은 틀린 적이 없는데.”

“답답해요. 왜 그러시는데요?”

“이 글자들은 해석이 되질 않아. 정말 이상해, 이런 적이 없었는데. 점쟁이 생활 삼십여 년 만에 이렇게 암담해 보긴 처음인걸. 아, 아무튼 점괘는 알려 줬으니까 난 이만 가도 되지?”

노빈손이 다시 물을 새도 없이 말을 마친 점쟁이는 황급히 돗자리를 둘둘 말아 인파 속으로 사라져 버렸다. 노빈손은 귀신에라도 홀린 듯 빠른 걸음으로 멀어지는 점쟁이의 뒷모습을 바라보며 투덜거렸다.

“이상한 아저씨네. 복채를 반의 반만 받는다더니 점괘도 일부러 반의 반만 맞춘 것 아냐?”

한편, 점쟁이는 들릴 듯 말 듯한 목소리로 혼자 중얼거렸다.

“뭔가 일이 벌어질 거야. 아주 엄청난 일이….”

CHINA

이것이 바로 '중국'이닷!

1) **만리장성(萬里長城)** 만리장성은 진나라가 이루어낸 중국 통일의 상징적 산물이다.

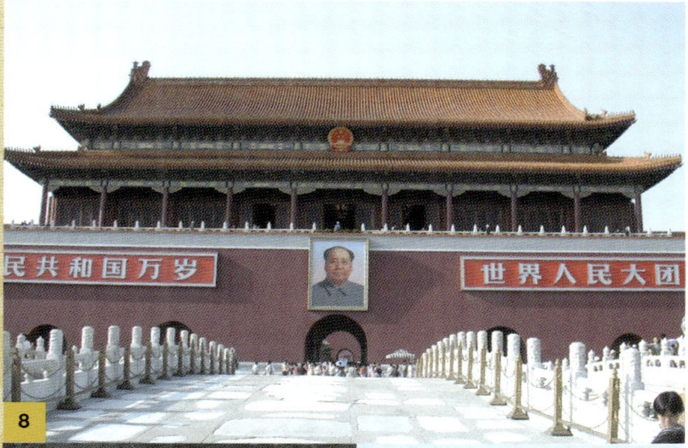

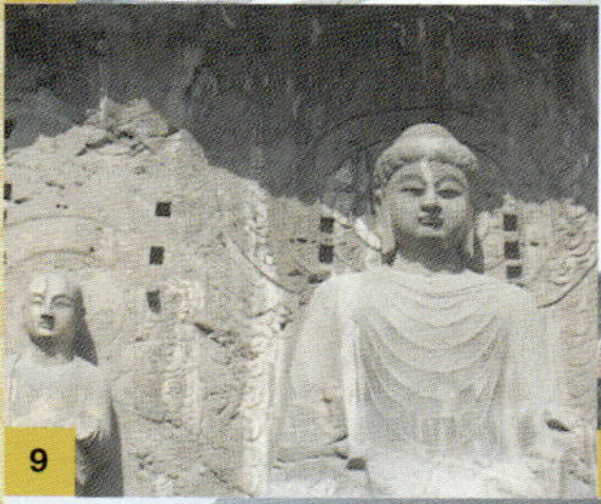

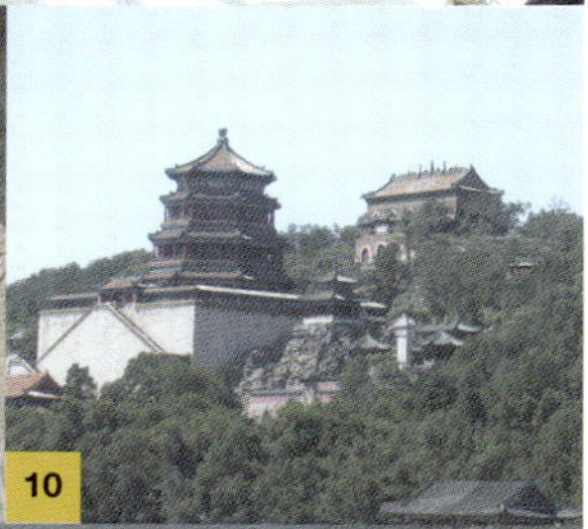

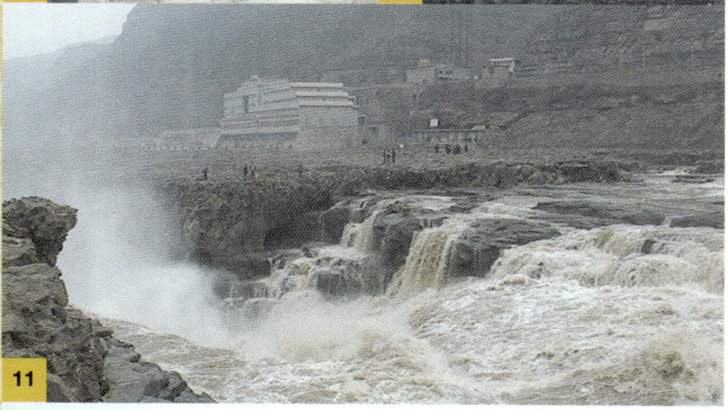

2) **사마대장성(司馬坮長城, 쓰마타이창청)** 만리장성을 원형 그대로 볼 수 있을 뿐만 아니라, 성벽이 산 절벽 위에 쌓여 있어 장관이다.

3) **팔달령장성(八達嶺長城, 빠다링창청)** 만리장성을 제일 잘 볼 수 있는 이곳은 명나라 때 만들어졌다.

4) 만리장성을 위에서 내려다본 모습

5) 팔달령장성과 사마대장성 모두 만리장성의 일부이다.

6) **기념전(祈年殿)** 명·청 시기, 황제가 풍년을 기원하던 곳으로 천단(天壇 ; 황제가 하늘에 제사를 지내는 곳) 내에서 가장 크고 아름다운 건축물이다.

7) **자금성(紫禁城)** 현재 중국에서 보존되고 있는 것 중에서 가장 규모가 크고 가장 완전한 황궁 건축물이다.

8) **천안문(天安問, 톈안먼)** 현재 세계에서 제일 큰 광장으로 한꺼번에 최대 100만 명을 수용할 수 있다. 1949년 모택동 주석은 이곳 성루에서 새로운 중국의 창건을 선포했다.

9) **용문석동(龍問石洞, 룽먼스쿠)** 중국 불교 5대 석굴 중 하나로, '대형 돌조각 예술 박물관'이라 불릴 만큼 석굴, 불상 등이 많다.

10) **이화원(頤和園, 이허위안)** 황제와 황후가 정치 활동을 하며 휴식, 유람을 하던 곳이다. 1860년 영국, 프랑스 연합군에 의해 소실되었다가 1888년 재건되었다.

11) **황하호구(黃河壺口, 황허후커우)** 세계 4대 문명 발생지 중의 하나인 황하의 물소리를 들을 수 있는 웅장한 폭포다.

12) **차밭** 중국인들이 일상에서 즐겨 마시는 차는 종류도 매우 다양하다.

13) **자전거** 중국사람들이 가장 애용하는 교통수단이다.

14〉 청동마차 진시황릉 봉분에서 발견된 청동마차로, 수천 개의 부품이 마치 실물처럼 정교하게 조립되어 있다.

15〉 병마용갱(兵馬俑坑) 전경 '세계 제8대 불가사의'라 일컬어지는 병마용은 흙으로 빚어진 병사와 말을 가리키는데, 진시황의 명령으로 그의 무덤을 지키기 위해 만들어진 것이다.

16〉 입사용(立射俑) 갑옷 없이 장포를 입은 입사용은 발을 모로 하고 활을 거는 동작을 취하고 있다.

17〉 갱 안에서 도열하고 있는 진시황의 병사들

18〉 장군용(將軍俑) 당시 진나라 도공들이 진시황을 모델로 만든 것이라는 설이 있다.

19〉 개갑무사용(鎧甲武士俑) 숙련된 무예를 익히고 있는 토용(土俑)

사진으로 알아보는 중국의 이모저모

중국 속에 들어 있는 우리의 모습, 찾아볼까?

20) 아태산(阿泰山) 우리에게는 알타이산으로 알려져 있다. 우랄알타이어 계열인 우리 언어의 경계점이기도 하다.

21) 붓 우리말의 70% 이상을 차지하고 있는 한자를 쓰는 도구

22) 상해 임시정부 기념관 1926년부터 윤봉길 의사의 의거가 있었던 1932년 직후까지 우리나라의 임시정부로 사용했다.

23) 무이산(武夷山) 마치 녹색 뱀 한 마리가 꿈틀거리며 기어가는 듯한 형상의 이곳은 율곡 이이의 〈무이구곡가〉의 모태가 된 곳이다.

24) 대족석각천수관음(大足石刻千手觀音) 중국 당나라 말기 이후 석굴 예술의 대표작으로, 중국 3대 석굴 중 하나이다.
우리나라에 불교가 전파된 것은, 372년 진나라의 순도(順道)와 아도(阿道)가 불경과 불상을 가지고 들어온 것이 시초이다.

과거와 현재가 공존하는 중국 탐방

32

33

34

25〉 사천강유이백고거(四川江留李白故居) 두보와 함께 중국 최대의 시인으로 불리는 이백이 살던 집이다.

26〉 두보초당(杜甫草堂) 시성 두보가 3년 동안 머무르면서 240여 편의 시를 지은 곳이다.

27〉 첩채산(疊彩山, 디에차이산) 당나라 시인들이 풍류를 즐기며 시상을 떠올리던 곳으로, 산봉우리 표면이 마치 화려한 비단을 겹겹이 쌓아 놓은 모양이라 해서 이름 붙여졌다.

28〉 용호산(龍虎山, 롱후산) 중국 3대 도교 명산 중의 하나이다.

29〉 윈강석굴(雲崗石窟, 윈깡스쿠) 벌집처럼 뚫린 53개의 동굴에 화려한 색의 불상 5,000여 개가 있다.

30〉 자금성 옥좌 황제의 옥좌

31〉 모택동 기념관(毛澤東記念館, 마오쩌둥 기념관) 중국의 주권을 회복하고 중국을 재통일하여 중국 최고의 지도자로 군림한 모택동은 후에 천안문 사건이 일어나 영웅에서 독재자로 전락하고 만다.

32〉 태산(泰山, 타이산) 중국 5대 명산 중 하나로 중국민족정신의 상징이며 세계자연문화유산으로 지정되어 있다.

33〉 화염산(火焰山, 훠얀산) 풀 한 포기 없고 새도 한 마리 날아다니지 않는 이곳은 소설 《서유기》에서 마지막에 나오는 장소로 유명하다.

34〉 상해(上海, 상하이) 나날이 발전하고 있는 상해의 모습

여덟번째 불가사의, 병마용갱

“중국에서 내 이상형을 만나게 된단 말이지. 히힛— 이거 정말 기대되는데.”

조금이라도 빨리 이상형의 여인을 만나고 싶은 마음에 노빈손의 발걸음은 조금씩 빨라지고 있었다.

“이 여자는 아니야. 그 여자도. 저 여잔 다 좋은데 나보다 더 머리숱이 없네. 유전학적으로 보완을 하려면 머리숱이 많아야 해.”

거리를 걷다가 눈에 보이는 여자가 있으면 나름대로 분석을 하는 노빈손.

“이렇게 해서 언제 이상형을 만난담?”

투덜거리며 걷는 사이, 어느새 고풍스러운 거리로 접어들었다.

중국대륙의 한복판, 중원에 자리잡은 서안(西安)은 중국에서 가장 오래된 도시답게 종루며, 옛 성벽의 일부까지 곳곳에 문화유적지를 품고 있었다. 이곳은 옛날 주나라의 도읍으로, 그리고 진ㆍ한ㆍ당나라 등 13개 왕조가 천 년을 넘게 도읍으로 삼았던 곳이라고 언젠가 책에서 읽은 기억이 났다.

“가만, 서안이면 근처에 진시황의 병마용갱이 있을 텐데….”

두리번거리던 노빈손은 마침 지나가던 할아버지에게 길을 물었다.

30

“할아버지, 혹시 진시황의 병마용갱이 어디 있는지 아세요?”

할아버지는 대답 대신에 다짜고짜 들고 있던 보따리를 노빈손에게 던졌다.

“아이고~ 당최 무거워서 들 수가 있어야지. 이 지긋지긋한 관절염. 너는 젊었거늘 들고 간들 어떠하리. 불만 없지?”

탈모로 주변머리밖에 남지 않긴 했지만, 길게 늘어뜨린 백발과 무릎까지 내려오는 희고 긴 수염, 그리고 자신의 키보다 더 큰 지팡이를 든 할아버지는 영화 속에서나 볼 법한 영험한 도사의 모습이었다. 여윈 몸에서 어떻게 저런 소리가 나올까 싶을 정도로 큰 목소리와 무성한 흰 눈썹, 문득문득 느껴지는 눈동자의 번득임까지… 한눈에도 범상치 않은 인물 같았다. 게다가 할아버지의 어깨에는 금빛 털의 동물이 지그시 눈을 감고 의젓하게 앉아서 신비로움을 더해주고 있었다.

“와~ 원숭이 털 빛깔이 황금색이네. 금색 페인트칠이라도 한 거예요?”

“예끼, 이게 중국에만 있는 금사후(金絲猴)라는 원숭이다. 황금 금(金), 실 사(絲). 털색이 황금빛이라 붙여진 이름이지. 무식한 녀석—.”

할아버지는 한심하다는 듯 혀를 찼다. 더 기분 나쁜 건 자신을 바라보는 금사후라는 원숭이의 눈빛이었다.

꺄꺄끼익 끽끽—

《서유기》에 등장하는 손오공의 실제 모델은 원숭이 금사후인데, 지금은 자연산림의 파괴로 멸종 위기에 놓여 있다. 현재 희귀동물로 지정되어 외뿔영양, 백순사슴, 양자악어 그리고 중국의 국보인 판다와 함께 귀하게 보호받고 있다. 금사후는 중국에서만 서식하는 토종 중국산이다.

"우리 오공이가 널 보니 옛날에 잃어버린 동생이 생각난다
는구나."

컥―

"갈 길이 먼데 서로 통성명이나 해 두자. 난 사마구(司馬
句), 국민의 건강생활 증진을 위해 노력하는 벤처기업 사장
정도로 알고 있으면 될 거다. 그리고 여기 이 원숭이는 손오
공, 동물원에서 잠깐 일할 때 만나게 됐는데 어찌나 날 잘 따
르던지…. 나의 비즈니스 파트너라고 할 수 있지."

"저는 노빈손이라고 해요. 대한민국에서 왔구요, 지금은
세계여행 중이랍니다."

"여행은 무슨, 가출하면 다 여행이냐? 아무튼 나랑 함께
가는 이상 밥값은 해야 한다. 알았지?"

"네? 네. 근데 보따리 밖으로 삐죽 나온 이 액자는 뭐예요?"

"으응, 우리 집 가훈이야. 어딜 가나 이것만 척~ 걸어 놓
으면 내 집 안방처럼 느껴지거든. 대기만성(大器晚成), 글자
좋고! 이게 내 신조거든."

"무슨 뜻인데요?"

"무식한 놈. 이렇게 쉬운 사자성어도 몰라? 말 그대로 24
시간 대기하는 자만이 성공할 수 있다, 뭐 그런 뜻 아니겠냐."

사마구 할아버지와 이야기하며 걷는 사이, 어느새 그 유명
한 병마용갱의 입구가 저 멀리 보였다. 그런데, 할아버지가
입구와는 정반대 방향으로 가고 있는 것이 아닌가?

"어? 어디 가세요, 저기가 입군데요?"

"알아. 잔말 말고 이쪽으로 와."

사마구 할아버지는 갱으로 들어가는 입구와 좀 떨어진 곳에서 노빈손에게 손짓을 했다.

"여기가 내 전용 출입구다."

가까이 다가가자 동네 개들이 수시로 드나들었을 법한 구멍이 보였다. 할아버지는 잔뜩 움츠려 몸을 동그랗게 말고는 뽈뽈뽈 기어 구멍으로 들어갔다.

"뭐 하냐, 어서 들어오지 않고?"

"네? 이 구멍으로요?"

"서두르라니까."

아무튼 종잡을 수 없는 할아버지라니까. 안쪽에서 자꾸 재촉하는 소리에 할 수 없이 노빈손도 구멍으로 들어갔다.

"에고 에고—."

"이렇게 하면 입장료도 절약되고 얼마나 좋으냐? 옛말에 어른들 말 들으면 자다가도 떡이 생긴다고 했다."

"떡은커녕 들켜서 구속이나 안 되면 다행이죠. 입장료가 몇 푼이나 한다고…. 낑낑~."

"요즘 애들은 그게 문제야. 땅을 파 봐라, 몇 푼이 나오나. 잔돈이 모여서 큰돈 되는 거야, 이 녀석아."

궁시렁궁시렁—

몸을 골뱅이처럼 움츠린다 해도 동네 개들이나 드나들 법

병마용갱이 있는 섬서성
중국 북서부, 황하 강 중류 유역에 위치하고 있다. 유구한 역사를 가지고 있는 이곳은 중국 통계상 가장 많은 문화재가 있는 곳인데, 발굴된 문화 유적지가 35,175곳에 달한다. 특히 서안 부근에는 주·진·한나라 시대로부터 수·당나라 시대에 걸친 역대 수도들이 위치하고 있었으며 당시 중국의 문화·정치·경제의 중심지로서 번영했다.

한 구멍을 통과하려니 여간 힘든 게 아니었다.

"어쨌든 이 길이 확실하긴 한 거죠? 낑낑~ 이러다 괜히 들키는 거 아니에요? 왜 대답이 없으세요, 할아버지. 어디 가셨나? 그새 어딜 또 가신 거람. 낑낑~ 어?"

간신히 빠져나와 고개를 쳐들자 험상궂게 노려보고 있는 관리인 아저씨와 눈이 딱 마주쳤다. 관리인 아저씨 옆에는 사마구 할아버지가 눈을 딱 감은 채 서 있었다.

"아니, 아실 만한 분들이 이게 뭐 하는 짓입니까?"

관리인 아저씨의 추궁이 떨어지기가 무섭게 사마구 할아버지의 천연덕스러운 변명이 이어졌다.

"알긴 뭘 알아. 난 아무것도 몰러. 저 녀석이 내 손주인데, 이쪽으로 들어가면 된다고 했다구."

"할아버지, 제가 언제 그랬어요? 여기로 들어가자고 한 건 할아버지잖아요."

"아니, 잘못을 뉘우치진 못할망정 들키니까 나이 든 어른한테 책임을 넘겨? 이런 버르장머리 없는 녀석."

관리인 아저씨는 노빈손의 멱살을 잡았다.

사마구 할아버지는 처량한 표정을 지으며 관리인에게 말했다.

"놔둬. 다 내가 손주를 잘못 키운 탓이지. 오냐오냐했더니 저 녀석이 이젠 이 할애비 수염을 잡고 흔든다니까. 내가 인생을 잘못 살아서 그래. 이눔에 미완성 인생 같으니라고. 에

휴~."

할아버지의 타령 같은 신음이 이어졌다. 관리인 아저씨는 사마구 할아버지의 물기어린 한탄이 마음에 걸렸는지 노빈손의 멱살을 잡고 있던 손에서 슬그머니 힘을 풀었다.

"오늘은 할아버지 얼굴을 봐서 봐준다만 다음에 이런 일이 또 있었다간 그냥 안 넘어갈 줄 알아! 할아버지 잘 모시고 다니고, 이 불효막심한 녀석아. 어르신, 그럼 구경하시다 가세요."

할아버지에게 깍듯이 인사를 하고 가는 관리인은 가기 전에 노빈손에게 눈을 흘기는 것을 잊지 않았다.

"할아버지, 너무하시는 거 아니에요? 이쪽으로 가자고 한 건 할아버지잖아요?"

"가잔다고 오냐? 그러니 공범인 셈이지. 어쨌든 일단 들어왔으니 둘러보기라도 하라고."

"지금 둘러보는 게 문제예요?"

"자, 여기가 진시황의 지하병사들이 묻혀 있는 1호갱 내부란다."

은근슬쩍 화제를 돌리려는 사마구 할아버지의 모습에 노빈손은 기가 찼다.

"구렁이 담 넘어가듯 어물쩍 넘어가실 생각 마세요. 저 진짜 화났다구요. 제가 이래봬도 동방예의지국에서 왔는데 졸지에 이렇게…."

노인을 공경하는 것은 우리나라와 마찬가지로 중국에 대대로 내려오는 미덕 중 하나이다. 청나라 때는 70세 이상의 노인에게 정부에서 지팡이를 나누어 주었으며 청나라의 강희제는 매년 직접 궁 안으로 65세 이상의 노인들을 초청했는데 그 수가 거의 1천 명을 넘었다고 한다.

병마용들은 발굴 당시
모두 진짜 칼, 창, 쇠뇌
를 지니고 있었는데 이
쇠붙이 무기들은 2,000
년이 넘도록 썩지 않고
그대로 보존되어 있었
다고 한다. 조사 결과
화살촉과 칼 등에는 구
리, 주석, 마그네슘, 니
켈, 코발트 같은 성분들
이 13가지나 섞여 있었
으며, 특히 진시황의 것
으로 추측되는 도금한
청동검은 종이뭉치를
단번에 잘라낼 수 있을
만큼 날이 정교해 감탄
을 자아냈다.

"그만 궁시렁대고 저기나 봐."

"할아버지한테 속은 게 벌써 몇 번인지. 보긴 뭘 봐요, 이
번에도 또 거짓말하시려고 그러죠. 으헉—."

노빈손은 눈앞에 펼쳐진 거짓말 같은 광경을 확인하기 위
해 몇 번이나 눈을 비볐다.

"저건—."

병사들이었다. 수십, 수백… 아니 그보다도 훨씬 더 많은
병사들이 끝을 알 수 없는 행렬을 만들며 그곳에 있었다. 명
령을 내리면 금방이라도 적군을 향해 돌진할 것 같은 자세로
두 눈을 부릅뜬 채 서 있는 그들. 그들이 바로 역사책이나 텔
레비전에서 본 진시황 지하군사의 실제 모습이었다.

"이럴 수가."

실제로 본 병마용갱은 사진보다 몇 배는 더 사실적이고 몇
배는 더 웅장했다. 갱의 내부는 흙벽에 의해 방이 길게 나뉘
어졌는데, 그 안에 토용들이 동쪽을 향해 질서 정연하게 늘
어선 형태를 이루고 있었다. 갑옷을 입은 그들은 나아가 싸
우기 위해 무기를 든 모습이었는데, 더욱 놀라운 것은 끝을
알 수 없이 이어진 병사들의 얼굴 표정이 모두 다르다는 사
실이었다. 토용들은 금방이라도 코밑으로 더운 숨을 내뿜으
며 기지개를 켤 것만 같았다.

"이 모두가 흙으로 만들어졌다니 믿을 수가 없어요."

병마용들은 실제로 진시황이 거느렸던 병사들을 한 사람

씩 본을 떠 만들었는지 머리 모양, 심지어 수염 모양까지 다 달랐다. 전통(화살통)에서 화살을 빼내 시위를 당길 듯한 병사가 있는가 하면, 오른발을 모로 하고 서서 활 쏘는 자세를 취한 병사, 몸을 살짝 굽히고 두 손을 내밀어 고삐를 잡은 전차병까지…. 모두가 이천 년이 지난 지금도 각자 자기 자리에서 자신의 임무를 묵묵히 수행하는 진나라 병사의 모습 그대로였다. 그야말로 세계 7대 불가사의를 8대 불가사의로 바꾼 장본인들답게 주위를 압도하고 있었다.

"우와~ 생각했던 것보다 훨씬 더 장관인데요."

"그래. 역시 넌 생각했던 것보다 더 촌스럽고. 여기가 1호 갱의 가장 오른쪽이란다. 여기서 1km만 더 가면 진시황 본분이 나오지."

"진시황 본분이요?"

"그래. 정말 진시황이 묻혀 있는 곳 말이야. 진시황 무덤은 병마용이 있는 진시황릉과 진시황이 묻혀 있는 진시황 본분으로 나뉜단다. 진시황릉은 그 크기가 얼마나 큰지 서안이라는 도시 하나가 진시황릉인 셈이지. 게다가 향후 백 년간은 더 발굴해야 한다고 하니까 그 규모가 짐작이 가냐?"

"당연히 안 가죠."

"그럴 줄 알았다. 너한테 뭘 기대하겠냐. 어쨌든 천하를 통일하고 모든 걸 가진 진시황은 저승에서도 그 영화를 유지하고 싶었던 게지."

"하지만 도시만한 크기의 무덤이라니 어쩐지 좀 으스스해요. 근데 진시황 본분은 위에 거대한 흙무덤이 있는 데다가 워낙 오래된 거라 그에 맞는 발굴 기술이 부족해, 본격적인 발굴은 시작하지도 않았다고 들은 것 같은데…."

"음… 아주 멍청인 아니로구나."

"이제 아셨어요?"

"너 생긴 걸로 봐선 평범도 과분하다만. 아무튼 네 말대로 발굴은 아직 엄두도 못 내고 있지. 그런데 말야, 내가 그 진시황 본분으로 들어가는 입구를 발견한 것 같단 말씀이야."

"뭐라구요? 그럼 어서 사람들한테 알려야죠. 아까 그 관리인 어디 갔지? 이봐요, 진시황 무덤 입구를 찾았…."

사마구 할아버지는 얼른 노빈손의 입을 틀어막았다.

"고 녀석, 성격도 급하긴. 발견한 것 같다고 했지, 누가 발견했다고 했냐. 날 따라와라, 특별히 너에게만 살짝 보여 줄 테니까."

진시황의 지하무덤에 빠지다

그곳엔 산이 있었다.

산이라고 하기엔 작고 그렇다고 언덕이라고 하기엔 거대한 둔덕이 숲을 이룬 나무들과 함께 우뚝 솟아 있는 모습은, 더할 것도 뺄 것도 없이 역사 그 자체요, 장관이었다.

"저게 바로 중국 최초의 황제 진시황이 묻혀 있는 곳이지. 내가 발견한 입구는 바로 저기, 산 바로 아래쪽에 난 구멍이다."

"에계계, 이게 뭐예요?"

사마구 할아버지가 가리킨 곳을 보니 토끼굴 같은 구멍이 검은 입을 벌리고 있었다.

"이게 바로 내가 발견한 무덤 입구 아니겠어. 그래서 말인데, 우리 둘 중에 누가 들어가서 확인을 좀 해봐야 하는데 말이야…."

할아버지는 말끝을 흐리며 노빈손을 쳐다보았다.

크고 거대한 대륙을 닮은 중국인의 성격을 가장 핵심적으로 표현한 말은 '만만디(慢慢地)' 이다. 말 그대로 느긋하고 나아가 대범하기까지 하다. 중국인은 사람과의 관계를 중요시하고 그 중에서도 신용을 첫째로 꼽는다. 처음에는 자기 속을 잘 드러내지 않다가 친해졌다는 생각이 들어서야 비로소 자신을 드러낸다. 따라서 중국인과 교류하기 위해서는 그들의 습성을 잘 이해해야 한다.

"왜 저를 보세요?"

"이 녀석아, 그럼 나이 든 내가 가리? 경로사상도 모르는 녀석 같으니라고."

"그게 아니라…."

"아니긴 뭐가 아냐. 새파랗게 젊은 것이 늙은이를 사지로 몰아? 아이고 엄니, 늙은 것도 서러운데 이런 괄시를 받으면서 살아야 하우? 하이고 서러워. 내가 서러워서 못 살것소. 아이고~."

사마구 할아버지는 바닥에 털썩 주저앉아 땅을 치며 통곡했다.

"할아버지가 아무리 그러셔도 소용없어요. 절대로, 절대로 저긴 안 들어갈 거예요. 절대로!"

몇 분 후. 노빈손은 광부 아저씨들이 쓰는, 머리에 불이 들어오는 모자를 쓰고 밧줄을 허리에 맨 채 굴벽을 더듬으며 아래로 천천히 내려가고 있었다.

"처음부터 계획적으로 당한 듯한 느낌이 자꾸 드는 건 왜일까요?"

"이제 와서 그런 생각해 봐야 너무 늦은 거 알지?"

"그나저나 언제 이런 것들은 다 갖고 오신 거예요?"

"전에 내가 잠깐 광산에서 일할 때 썼던 거란다. 밧줄은 내가 잘 잡고 있으니까 걱정 말고, 뭔가 보인다 싶으면 잽싸게 신호를 보내려무나."

도대체 이 할아버지 안 해본 일이 뭐야?

"이눔 혹시 변비 아냐? 왜 이렇게 무거워. 끙끙∼."

　사마구 할아버지는 밧줄을 잡고 있기가 생각보다 힘들자,
옆에 있는 나무에 얼른 밧줄을 묶어 버렸다. 대강 매듭을 묶
고 손을 탁탁 터는 할아버지.

　"이렇게 하면 힘도 안 들고 좀 좋아. 역시 사람은 머리를
써야 한다니깐."

　할아버지는 나지막이 중얼거렸다.

어둠.

동굴을 가득 채우고 있는 건 오직 어둠뿐이었다.

안전모에서 나오는 불빛이 가늘게 어둠을 가르긴 했지만, 저 너머에 뭐가 있는지 가늠할 수는 없었다. 자기 손끝조차 보이지 않는 어둠은 생각보다 더 큰 공포로 다가왔다. 끝도 깊이도 알 수 없는 어둠 저편에서 누군가 가만히 이쪽을 노려보고 있다가 금방이라도 달려들어 생채기를 낼 것만 같았다.

"꿀꺽— 이거 분위기가 완전히 납량특집이네. 으스스해라. 근데 내가 중국까지 와서 도대체 뭘 하고 있는 거야?"

노빈손은 마른침을 꿀꺽 삼켰다.

'모든 게 그 요상한 할아버지 때문이야, 그 할아버지만 안 만났어도 지금쯤이면….'

지금쯤 화려한 상해의 불빛을 바라보며 트위스트를 추고 있을 텐데, 이 무슨 해괴망측한 짓인지. 이런 생각을 하는 사이 어느새 노빈손은 동굴 꽤 깊숙이 내려가고 있었다.

턱—

버둥거리는 손끝에 뭔가가 닿는 소리가 들렸다. 소리조차 들리지 않았다면 눈을 감거나 뜨거나 똑같은 이 상황에서 정말이지 아래가 옆인지 위인지도 몰랐을 것이다.

"뭐가 좀 보이냐아아아아 —."

저 위에서 들려오는 사마구 할아버지의 목소리가 목욕탕에서 말할 때처럼 동굴 안에 울려 퍼졌다.

근방에 왕의 기운이 감돌고 있다는 방사(方士: 주술사)의 말에, 진시황은 그 지방의 기맥을 단절해야겠다고 생각해 산을 파서 무너뜨렸다. 산을 잘라 버리면 왕기가 없어진다고 생각했던 것이다. 과거 일본인들이 우리나라에서 일본인보다 뛰어난 위인들이 태어날 것을 두려워해 우리나라 산 곳곳에 징을 박아 놓았던 일과 같다고나 할까.

“주위를 잘 살펴봐라아아아 —.”

시간이 갈수록 모자에서 나오는 불빛은 바로 앞도 구별하지 못할 정도로 희미해졌다.

더듬더듬….

“불빛이 너무 희미해요.”

“한 십여 년 전에 쓰던 건데 오죽 하겠냐, 없는 것보단 낫겠지이지이이지이 — 어때, 뭐가 보이냐아아아 —?”

“그럼 그렇지, 할아버지를 믿는 게 아니었는데. 뭐가 보여야 살펴보든지 말든지 할 거 아니에요. 눈에 뵈는 게 없으니 이거야 원. 어? 잠깐, 이게 뭐지?”

손끝에 뭔가 걸렸다. 만지작만지작 —

딱딱하고 둥그렇고 움푹 들어간 것이…. 이게 도대체 뭘까? 무슨 주전자 같기도 한데. 이 부분은 물을 넣는 곳이고 볼록 튀어나온 구멍으로는 물을 따르는….

노빈손은 물건의 정체를 파악하기 위해 부지런히 손을 놀렸다. 어디… 가만, 여기 쏙 들어간 곳이 손잡이 같은데?

“주전자긴 주전잔가 본데 모양이 좀 특이하게 생긴 것 같은데. 가만, 이건 혹시 말로만 듣던 요술램프?”

알라딘 애니메이션 중 한 장면이 노빈손의 머릿속을 스쳤다. 자파의 속임수에 넘어가 알라딘이 들어간 동굴도 이곳이랑 분위기가 비슷했었지, 아마.

“음… 나랑 처지도 비슷하네. 어디, 속는 셈치고 한번 문질

이탈리아엔 오페라, 중국엔 경극(京劇)
칭 칭칭칭~ 중국 전통 영화나 경극 장면에서 이런 소리를 들어 본 적이 있을 것이다. 경극은 중국에서 가장 널리 유행하고, 또 영향력이 가장 큰 연극으로 200년 가까운 역사를 지닌다. 경극은 노래, 대사, 행동, 무술이 결합된 예술로 작품 수는 3,800여 개나 되며 중국국민의 많은 사랑을 받고 있다.

러 봐?"

노빈손은 램프(?)를 손에 쥐고 표면을 정성껏 문지르기 시작했다.

스윽스윽~

"히히, 램프의 요정 지니가 나타나면 소원을 뭐부터 빌까? 일반적으로 소원은 세 가지만 들어준다고 하니 맨 먼저 소원을 백 가지로 늘려 달라고 하는 거야. 그럼 소원을 백 하고도 두 개는 더 이룰 수 있잖아. 크크크 역시 난 머리가 좋다니까."

열심히 문질렀는데도 불구하고 지니가 나타나기는커녕 뭔가 퀴퀴한 냄새가 슬슬 올라오고 있었다.

"킁킁— 가만, 이게 무슨 냄새야."

노빈손은 희미한 불빛에 의지해 알 수 없는 이 냄새의 정체를 파악하기에 나섰다.

"이게 뭐야?"

커걱―

"으아악, 으아악―."

노빈손의 쩌렁쩌렁한 비명소리가 동굴 속에 울려 퍼졌다. 손에 들고 있던 그것은 램프가 아닌 해골이었다! 여태껏 램프인 줄 알고 조물조물 한 것이 해골이었다니. 그렇다면 이곳은?

등줄기가 서늘해지고 오만 가지 상상이 머릿속을 훑고 지나가면서 자동적으로 이가 따닥따닥 부딪쳤다.

"으아악― 아직 이상형의 여인도 못 만났는데 이대로 죽을 순 없다구요. 으악, 노빈손 살려~."

노빈손이 발작과도 같이 몸부림치자, 밧줄이 심하게 요동치면서 묶어 놓은 나무에 파동이 그대로 전해졌다.

"신호가 온 걸 보니 녀석이 뭔가를 찾긴 찾았나보군."

사마구 할아버지는 눈을 빛내며 굴 속을 들여다봤다.

"왜, 왜? 들짐승이나 살고 있는 굴은 아닌가 싶어서 혹시나 하고 널 내려 보낸 건데. 흐흐흐 정말로 진시황 묘로 들어가는 입구였더냐냐냐아아아―?"

"진시황 묘는커녕 자칫하면 노빈손 묘가 될 판이라구요.

북경의 인사동, 유리창
우리나라에 인사동이 있다면 중국엔 유리창이 있다. 과거 자금성에서 쓰이던 기와를 굽던 이곳은 고서적, 서화, 도자기, 문방사우, 도장 등을 파는 고풍스런 거리로 관광객들에게 중국의 유구한 역사를 말 없이 전해주고 있다. 유리창이라는 말은 유리와를 만들던 곳이라는 의미인데, 유리와는 황금색을 띤, 구운 기와를 말한다.

빨리 올려 주세요, 얼렁~. 제가 이래뵈도 청순가련이라 얼마나 겁이 많은데요."

"그 얼굴에 청순가련이 뭐냐, 청승가련이겠지."

투두두둑—

"엥~ 이게 뭔 소리지?"

사마구 할아버지가 돌아보자, 밧줄을 매어 놓은 나무가 노빈손이 버둥거리는 바람에 그 무게를 견디지 못하고 뿌리째 뽑히고 있었다.

"이걸 어쩐다냐. 얘, 서둘러 올라와야겠다. 밧줄을 묶어 놓은 나무가 뽑히고 있걸랑."

노빈손은 줄을 끌어당기며 죽을 힘을 다해 올라오려고 애썼다.

"어떻게 좀 해 주세요. 할아버지 때문에 여기까지 왔는데 이게 뭐예요? 꽃 같은 청춘이 스러져 가는 걸 보고만 계실 거냐구요. 손이라도 잡아 주세요, 얼른."

힘이 빠진 노빈손은 밧줄에 매달린 채 할아버지를 향해 간절한 바람으로 손을 뻗었다.

"아, 고 녀석. 말 정말 많네. 꽃 같은 청춘 스러져 가는 건 아쉬우면서 좀 오래된 청춘 스러지는 건 안 아깝냐. 그러다 나마저 잘못되면 어쩌라구."

할아버지는 성의없이 줄을 잡아당겼다.

"할아버지, 정말 이러실 거예요? 힘 좀 주고 팍팍 잡아당

기세요."

"너도 내 나이 돼봐. 아이고 허리야, 아이고 팔이야."

할아버지는 잡고 있던 줄을 당기는 시늉을 하며 입으로만
엄살을 부렸다.

세상에―.

저렇게 황당한 할아버지는 처음이다. 아니, 처음이자 마지
막이겠지? 저런 할아버지를 믿고 이렇게 위험한 동굴에 내려
오다니…. 신이시여, 어찌하여 저에게 이런 시련을 주시나이
까.

우두둑 뚝―

땅에 박혀 있던 마지막 뿌리가 우뚝 하고 뽑히자 노빈손을
지탱하고 있던 밧줄은 훅 ― 하고 땅속으로 빨려 들어갔다.

"으아아아아아아악―."

노빈손은 비명을 지르며 엄청난 속력으로 추락했다.

"에구, 젊은 녀석이 안됐네. 조금만 기다려. 내 사람들을
불러올 테니."

사마구 할아버지는 눈물까지 찍어내며 노빈손의 마지막
가는(?) 길을 배웅했다. 그런데,

"엥? 이게 뭐지?"

동굴 바닥을 향해 곤두박질치는 밧줄에 자신의 수염이 엉
켜 있다는 걸 눈치챈 건 바로 그때였다.

착, 휘리리릭~

중국의 황제와 왕을 모
두 더하면?
기나긴 역사를 자랑하
는 중국, 고로 역대 황
제의 수만 해도 어마어
마하다. 중국 역사상 최
초로 황제라는 호칭을
쓴 진나라의 시황제 이
후로 총 245명의 황제
가 군림했으며, 시황제
전에는 한나라의 우왕
으로부터 시작하여 동
주시대의 걸왕에 이르
기까지 모두 75명의 왕
이 있었다.

“으헉, 아이고 나 살려라~~.”

할아버지도 굴 속으로 무서운 속도로 빨려 들어갔다. 원숭이가 뛰어올라 밧줄을 잡아당겼지만 오히려 같이 딸려 들어갈 뿐이었다.

두 사람의 비명과 꺅꺅거리는 원숭이의 소리가 아련하게 멀어지면서 뽑힌 나무가 먼지를 일으키면서 둔탁하게 구멍 쪽으로 끌려갔다. 그러더니 턱— 하니 그들이 사라진 구멍을 막아 버렸다.

어디선가 불어오는 바람이 황야에 먼지를 일으키고 있었다. 먼지가 사라진 황야는 아무 일도 없었다는 듯 굳게 입을 다물었다.

기를 아십니까?
중국대륙은 물론 중국인이 사는 곳이면 언제 어디서나 기공을 하는 모습을 흔히 볼 수 있다. 기공(氣功)이란 이른 아침에 여럿이 모여 쿵푸와 같은 동작을 숨을 고르며 천천히 하는 것을 말한다. 이는 우주만물 작용력의 근원인 '기'를 정성을 다해 단련하는 방법으로 체력증진이나 병치료, 무술을 연마하는 데에도 널리 이용된다. 기공의 기원은 4,000년 전으로 거슬러 올라가는데 의가, 도가, 불가, 유가, 무가 등 여러 유파가 현대적 기공으로 종합되었다.

니하오, 뚜이부치!

중국어로 '안녕하세요, 미안합니다' 라는 뜻

(뭐라고, 나보고 하마라구? 두부 부침 추가라고?)

중국 맛 한번 볼래?
자장면 맛보다 좋지, 물론!

중국에서 처음 빈손이를 봤을 때 말야, 첫인상이 그렇게 좋은 편은 아니었단다. 그 녀석 얼굴이 좀 특이해야 말이지. 게다가 말끝마다 대한민국 표준미남이라고 주장하니 대한민국이란 나라가 얼마나 요상하게 보였겠어? 그런데 이상한 건 이 어리버리한 녀석이 보면 볼수록 괜찮은 녀석같이 느껴진단 말야. 늘그막에 이런 손주 녀석 하나 있었으면… 하는 생각도 들고. 옛말 틀린 거 하나 없어, 미운 정이 더 무섭다니까~.

이보다 더 많을 순 없을걸

중국은 지리적으로 아시아 국가들 중 가장 큰 나라인 동시에, 세계 인구의 1/5을 차지할 정도로 세계에서 가장 많은 인구를 갖고 있는 나라야.

중국의 국토는 동서 약 5,200km, 남북 약 5,500km 그리고 면적은 약 959만km²로, 인접한 나라가 한국을 비롯해 11개국에 이르러. 같은 중국땅인데도 동쪽 지방과 서쪽 지방의 해뜨고 지는 시간이 네 시간이나 차이가 난다고 하니까 넓다는 표현도 부족할 지경이지? 남한 면적의 97배, 남북한을 합친 면적의 49배에 해당한다고 하면 짐작이 가려나.

인구는 무려 12억 9,533만 명(2000년 기준)인데 정확한 인구측정 자체가 불가능하다지? 인구조사를 하는 동안에도 인구가 계속 증가하니까 말이야. 때문에 발생하는 문제로 중국정부가 많은 고민을 하고 있기도 한데, 이 거대한 인구는 중국국가 산업의 원동력인 동시에 거대한 소비시장으로 평가받고 있기도 해. 메이드 인 차이나의 힘, 이거 정말 무서운 거거든.

아시아의 중심, 세계의 중심으로

중국의 수도는 북경(베이징)이고 중국어(북경어)를 공용어로 하고 있어. 중국의 민족 구성은 최대 민족인 한족과 55개의 소수민족으로 구성되어 있는데, 소수민족 중에는 지금까지도 그 민족 고유의 전통을 고수하는 사람들이 많이 있단다.

그리고 중국의 기후는 대륙과 계절풍의 영향을 받는데 국토가 워낙 광대해서 지역마다 다양한 기후가 나타나. 대체로 겨울은 한랭건조하고 여름은 온난습윤하며 사계절 구분이 분명한 편이지만, 대륙의 영향으로 기온의 연교차가 큰 폭으로 나타나는 것이 특징이야. 한마디로 추울 땐 겁나게 춥고, 더울 땐 확실하게 덥단 얘기지.

또 중국은 장구한 역사와 방대한 국토를 지닌 나라인 만큼 풍부한 문화 유적과 빼어난 산수는 큰 자랑거리야.

중국이라는 단어의 의미를 살펴보면 '가운데 있는 나라(中國)', '세계의 중심 혹은 문화의 중심(中華)'이라는 뜻이야. 그만큼 중국인들 가슴속에는 중국이 세계의 중심이라는 강한 자부심이 숨 쉬고 있단다.

사마구 할아버지와 함께하는 중국어 회화

중국은 다양한 민족이 다양한 방언을 쓰기 때문에 남부지방 사람과 북부지방 사람이 만나면 통역이 필요하다는 말이 있을 정도야. 그래서 수도인 북경의 발음을 기초로 한 '보통어(푸퉁위)'를 공통어로 쓰고 있어.

다른 나라의 언어를 완벽하게 구사하는 건 어쩌면 너무 힘든 일이지만, 서툴더라도 먼저 밝고 경쾌하게 인사를 건네 본다면 어느새 서로가 성큼 가까워져 있을 거야. 자, 그럼 자신 있게 중국어 한마디 배워 볼까?

▶ 처음 뵙겠습니다. – **츠찌엔몐~!**

▶ 안녕하세요. – **니하오**

▶ 제 이름은 ~입니다. – **워스~ / 워 찌아오~**

▶ 아침인사 – **니짜오**

▶ 저녁인사 – **완샹하오**

▶ 안녕히 주무세요. – **완안**

▶ 또 뵙겠습니다. 안녕히. – **짜이찌엔**

▶ 고맙습니다. – **쎼쎼**

▶ 미안합니다. – **뚜이부치**

▶ 예. / 아니오. – **스 / 부스**

▶ 맞습니다. / 틀립니다. – **두이 / 부두이**

손짓만으로도 통한다?!

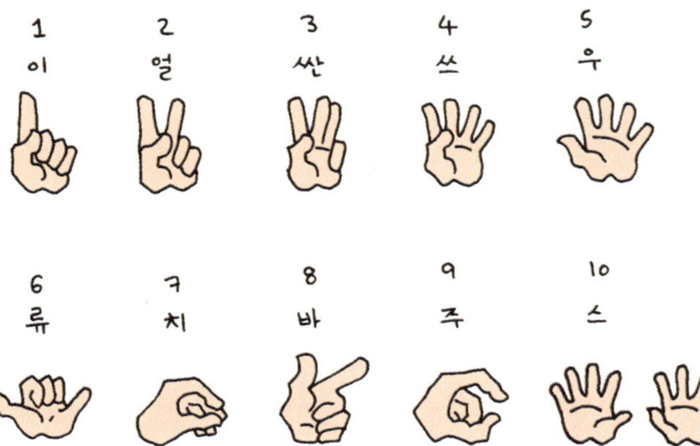

어때, 이만하면 가이드로도 쓸 만하지?

고마워서 선물을 준비했다고? 뭐 이런 걸 다. 게다가 빨간색 포장지로 쌌구나. 기특하기도 하지. 우리 중국인이 빨간색 좋아하는 건 어떻게 알았을까. 헉— 근데 이건 자명종 시계잖아. 이런, 내가 중요한 걸 안 알려 줬구나. 중국사람에게 시계나 우산을 선물하는 건 큰 실례야. 시계나 우산 모두 중국어 발음상 좋지 않은 의미로 해석되는 경우가 많아서 받는 사람의 기분을 상하게 할 수 있거든.

작은 것에도 감사하고 관심을 가져 준 것에 대해서 몇 번이나 고맙다고 인사하는 게 중국사람이니까 부담 없고 정성스런 선물이면 상대방도 감동할 거다. 참, 내가 얘기했던가? 난 비싼 선물도 잘 받으니까 아무 부담 갖지 말고 하라고. 헐~.

100위안 화폐

5마오 화폐

5위안 화폐

지하무덤의 비밀

끄으응 ―

바닥에 죽은 듯 엎어져 있던 노빈손의 입에서 신음소리가 터졌다. 정신을 차리고 좌우를 둘러보니 묘한 기운이 공기 중에 가득한 것이 신비로운 풍경이었다. 극락에라도 온 듯 황홀한 표정을 짓던 노빈손의 시야에, 한쪽 구석에 쓰러져 있는 사마구 할아버지의 모습이 들어왔다.

"그럼 그렇지. 저 할아버지가 있는 걸 보면 극락은 아닐 거야."

노빈손이 투덜거리며 흙으로 범벅이 된 몸을 움직이자, 때마침 지나가던 남자가 비명을 지르며 소스라치게 놀랐다.

"으헉, 좀비다! 시체가 움직인다!"

"아저씨도 참, 무슨 말씀을 그렇게 섭하게 하세요. 좀비라니요? 그리고 전 애초에 시체가 아니었다구요."

남자는 놀란 가슴을 쓸어 내렸다.

"아이고, 놀라라. 그런데 저기 쓰러져 있는 머리 허연 할아버지는 또 누구요?"

"전 모르는 할아버지예요."

"모르다니, 제가 손자처럼 아끼는 녀석이랍니다."

어느새 일어난 사마구 할아버지가 옷에 묻은 먼지를 털어내면서 끼어들었다. 할아버지는 주위를 둘러보더니 바닥에 나동그라진 흙투성이의 원숭이를 곰 인형 털듯 탈탈 털어 어깨에 척 하니 올려놓았다.

"손자요? 손자가 벼랑에서 떨어지는데 모른 척하는 할아버지도 있어요?"

노빈손이 서운함을 감추지 않고 툴툴거렸다.

"녀석, 소심하기는. 모른 척은 내가 그냥 장난친 거고, 나중엔 너를 구하기 위해 구덩이로 뛰어 내렸다는 거 아니겠냐. 안 그러면 어떻게 내가 여기 있겠어? 안 그래?"

"그건 그렇지만…."

"거봐, 내가 얼마나 정에 살고 정에 죽는 사람인데."

노빈손은 어쩐지 또 한 번 속는 듯한 기분이 들었지만, 나이 드신 어른과 싸울 수도 없고 해서 이쯤에서 그만두기로 했다.

정신을 차리고 보니 지나가던 그 아저씨의 차림새가 무척 특이했다. 네모나게 각진 모양의 구두에 두루마리도 마고자도 아닌 헐렁한 웃옷, 그리고 아줌마 몸뻬 스타일의 촌스런 바지까지. 거참, 패션 감각 특이하시네.

"그건 그렇고 아저씨, 아저씬 옷차림이 왜 그래요? 어디 민속촌에서 일하세요?"

"민속촌이라니. 뭘 모르는군. 자세히 봐요. 이래봬도 이게 요즘 최신 유행하는 옷인데."

"그 옷은… 아까 진시황의 병마용갱에서 봤던 옷이랑 비슷

고고학자들은 병마용갱에서 출토된 토용들의 몸에 남아 있는 색을 통해 진나라 사람들이 어떤 색의 의복을 즐겨 입었는가를 알아낼 수 있었다고 한다. 2,000년 전 진나라 사람들이 즐겨 입은 상의 칼라는 초록색, 빨간색, 자주색 이렇게 세 가지였고 그 다음은 푸른색, 하얀색, 갈색이었다. 그리고 의복의 목깃과 소맷부리는 모두 채색 레이스를 둘러, 화려하고 아름다웠다고 한다.

한데요?"

"무슨 소리야. 병마용갱은 아직 다 만들지도 않았는데 어디서 봤다는 거요?"

"네? 무슨 말씀이세요? 여, 여기가 어딘데요?"

"아직 충격에서 덜 깼소? 여긴 진시황이 다스리는 진나라라 하오."

진.나.라.라고?! 이건 또 뭔 소리.

"지, 진시황? 방금 진시황이라고 하셨어요? 진시황이라면 중국을 통일했던 그 사람 맞죠? 그 사람은 이천 년 전 사람인데 설마 그 진시황이 아직까지 살아 있단 소리는 아니죠?"

어리둥절한 노빈손에게 아저씨는 믿기지 않는 이야기를 들려주었다.

"난 진시황의 무덤을 만든 인부의 후손이오. 무덤이 완성되자 우리 조상님께서는 이곳에 생매장을 당하셨지. 뭐, 무덤의 비밀을 지키기 위해서라나. 어쨌든 그때 묻힌 사람들이 대대로 지금까지 지하에서 살고 있었오. 그런데 갑자기 벌떡— 그…, 그가 눈을 뜬 것이오. 얼마나 섬뜩했던지. 진시황이 생전에 불로초를 얼마나 많이 먹었던지, 그 후유증으로 죽지도 못하고 곰팡이 핀 몸으로 다시 살아난 덕분에 정말 여러 사람 난처해졌지."

세.상.에. 사막 한가운데의 이집트 왕국에 이어 이번엔 또 지하세계야?

노빈손은 전혀 예상치 못했던 상황 전개에 눈이 띠용~ 튀어나올 뻔했다. 꽈배기처럼 꼬이고 또 꼬이는 여행 스케줄을 이제 제법 태연하게 받아들일 때도 됐건만, 닥치는 일마다 스케일이 워낙 큰 터라 그때마다 어찌나 놀라게 되는지.

아저씨가 진나라라고 소개한 곳은 무덤 아래 지하세계라고는 하나 산, 강, 집, 궁궐까지 없는 것이 없었다. 게다가 곳곳을 대낮같이 환하게 등불로 밝혀 지하라는 느낌이 전혀 들지 않았다.

"저 언덕 아래 보이는 것이 바로 진시황의 궁전이라오. 살아 있을 때와 똑같이 만들어 놓아 어마어마한 규모지."

언덕 위에서 목을 쭉 빼고 내려다보니 진시황의 궁은 크기가 다른 네모 두 개를 얹어 놓은 모양이다.

가만 있자 왠지 낯익은 모양인데…. 어, 그러고 보니 저 모양은 바로 내 점괘 중 하나인 '돌아올 회(回)' 자랑 똑같이 생겼잖아!

시장에서 만난 파자 점쟁이의 말이 퍼뜩 머릿속을 스쳤다.

'점괘가 안 나온 게 아니었어. 내가 진시황의 지하궁에 오게 되리라는 걸 예언하다니…. 진짜 족집게일세.'

갑자기 온몸에 소름이 파르르 돋았다. 그렇다면 마지막으로 고른 '달릴 주(走)' 자는 무엇을 예언하는 것일까? 앞으로 또 무슨 일이 벌어진다는 건지…. 한 치 앞을 내다볼 수 없는 상황 앞에서 노빈손은 불길함에 몸을 떨었다.

그러나 이 모든 상황전개에도 사마구 할아버지는 전혀 긴장이 되지 않는지 태평스럽게 수염을 꼬아 귀지를 파내고는 후— 불었다.

"그랴? 여기가 지하세계라구? 그런데 뭔 놈에 지하세계가 지상보다 더 밝아?"

"인어기름으로 불을 밝혀서 그래요. 전에 어떤 책에서 봤는데 진시황의 무덤은 지하수를 세 번 지날 정도로 깊고, 수은으로 만든 커다란 강이 흐르며 인어기름으로 불을 밝혀서 늘 대낮처럼 환하대요."

노빈손의 말에 병마용을 꼭 닮은 진나라 아저씨가 고개를 끄덕였다.

"어디서 온 청년인지 옴팡지게 똑똑하구만. 할아버지, 손 주 녀석 하나는 잘 두셨습니다."

"다 젊었을 때의 날 닮아서 그런 거 아니겠어?"

사마구 할아버지의 난데없는 친손자 주장에 노빈손이 필요 이상으로 화를 냈다.

"제가 할아버지를 왜 닮아요?"

"아님 말구. 성질은 있어 가지고. 어쨌든 잘됐다."

"잘되긴 뭐가 잘돼요. 할아버진 이 난국을 어떻게 헤쳐 나가야 할지 걱정도 안 되세요?"

할아버지는 긴 수염을 스카프처럼 목에 척 두르더니 일어서며 말했다.

"내가 말이야, 너도 봐서 알겠지만 은근히 고풍스러운 멋을 풍기는 사람 아니겠냐. 내가 원래 클래식한 사람이라 오히려 옛날이 더 체질에 맞는다니까. 햐, 여기가 진나라라 이거지. 여기서 제2의 전성기를 누려 볼까나. 난 일단 좀 둘러볼 테니까 너는 너대로 구경 좀 하고 있어라."

샤라락―

사마구 할아버지는 이렇게 되기를 고사라도 지낸 사람 마냥 기뻐하며 콧노래까지 흥얼거리면서 원숭이와 함께 사라져 버렸다.

인어기름으로 불을 밝혀라

사마천의 《사기》에서 언급하고 있는 인어기름은 사실 진짜 인어가 아닌 도롱뇽 기름을 말한다. 여기서 말하는 도롱뇽은 우리나라에서 볼 수 있는 조그만 녀석이 아니라 거대한 크기의 도롱뇽이다. 도롱뇽이 물속을 헤엄치거나 바위 위에 앉아 있는 모습이 영락없이 인어를 닮았다나 뭐라나.

진짜 진나라?

"저 할아버지처럼 걱정 없이 사시는 분은 태어나서 처음 봤다니까. 어쩌면 생각을 하셔도 저렇게 긍정적으로 하실까."

진나라 아저씨는 노빈손의 넋두리에도 아랑곳 않고 몸을 일으켰다.

"나도 그만 가 봐야겠다. 진시황이 만리장성 쌓던 버릇이 남았는지 무덤에 돌아가면서 성을 쌓는다고 사람들을 불러모으고 있거든. 아무튼 진시황의 별난 건축 취미 때문에 남자들이 남아나지 않는다니까."

물에 빠진 사람 지푸라기라도 잡는다고, 노빈손은 아저씨의 바짓가랑이를 잡고 늘어졌다.

"아저씨, 절 두고 그냥 가시면 어떡해요. 전 어서 여길 빠져나가야 한다구요. 어떻게 하면 나갈 수 있죠? 예? 예? 세계여행을 이대로 끝낼 순 없어요. 게다가 이상형의 여인도 만나야 하고…. 무슨 방법이 없을까요?"

"바지 벗겨질라, 놓고 얘기해라. 뭐, 나갈 수 있는 방법이 하나 있긴 한데…."

노빈손의 눈이 반짝였다.

"무, 무슨 방법인데요?"

"역병에 걸리는 거지. 진시황이 얼마나 병균을 싫어하는데. 걸리는 즉시 밖으로 내보내 줄걸?"

내 취미는 건축

진시황은 건축광이었다. 그는 만리장성과 사치의 상징으로 악명 높은 아방궁 등 무수한 호화유적을 남겼다. 그런데 이러한 것들을 만들기 위해 세금을 과다하게 징수하는 바람에 통일된 후에는 세금부담이 무려 20배로 늘었다고 백성들의 불평과 원성이 자자할 정도였다.

“아이참, 살벌한 농담 마시구요.”

“그거 말곤 방법이 없어. 누군 이런 지하에 살고 싶어 산다더냐. 다 진시황의 시퍼런 서슬이 무서워서 죽어지내는 거지.”

“전 이곳에서 살기 싫어요, 싫어. 밖으로 다시 나가고 싶다고요. 엉엉—.”

발버둥치는 노빈손을 측은하게 바라보던 아저씨는 주위를 둘러보며 황급히 말을 이었다.

“쉿, 조용히 해. 사람이 겁이 없어, 겁이. 지금 태평하게 이러고 있을 때가 아니라고. 25세 이하의 남자란 남자는 다 집합해서 호위병 모집 시험을 보라는 진시황의 명이 있었다구. 잘됐네. 마침 나도 구경이나 할까 망설이던 참인데, 자네도 이렇게 있다가 봉변당하지 말고 같이 시험장에 가자구.”

아저씨 말에도 일리가 있었다. 괜히 이런 곳에서 어물대다 수상한 사람으로 오해를 받았다간 지상으로 나가는 건 고사하고 지하에서 무사히 살아남을 수 있을지도 알 수 없는 일이었다.

“아무튼 이번 행사에는 새로 뽑힌 귀비까지 나온다니까 미인도 구경할 겸 겸사겸사 가는 거지. 우리 같은 사람이야 귀비 같은 미인 보기가 어디 그리 쉬운 일이냐? 게다가 양귀비를 똑 닮았다 하니 더 궁금하기도 하고.”

귀비라면 진시황의 후궁쯤 될 텐데 과연 어떻게 생겼을까?

“같이 가요. 아저씨～.”

마르코 폴로의 중국 여행기

마르코 폴로는 1271년 아버지와 삼촌을 따라 몽골로 향했다. 마르코 폴로는 원나라에서 17년간 거주하게 되는데 총명하고 언변이 뛰어나 당시 원나라의 칸인 쿠빌라이의 신임을 얻어 지방관으로 복무하기도 했다. 1295년 베니스에 도착해 옥에 갇히는 신세가 된 그는 옥중에서 《동방견문록》을 저술하여, 유럽 사람들에게 동방의 원나라를 소개함으로써 큰 반향을 일으켰다.

노빈손은 어느새 지하 진나라에 떨어진 충격도 잊고, 중국 무협 만화에나 등장하는 신비한 고대 미인을 볼 수 있을까 하는 마음에 잽싸게 진나라 아저씨를 따라나섰다.

엉터리 약장수

서울만한 도시 전체가 진시황릉이라는 말은 틀린 게 아니었다. 한눈에 봐도 지하세계라는 걸 전혀 알 수 없을 만큼 완벽한 구조를 갖춘 도시였다.

언덕을 내려와 큰길 쪽으로 나오자 광장 한켠에 사람들이 모여 웅성웅성거리는 모습이 보였다.

"자, 날이면 날마다 오는 게 아닙니다. 애들은 가, 애들은 가라잉. 단, 돈 있는 애들은 와도 돼, 와라잉. 자자, 오실 땐 단골손님. 안 오시면 남이랍니다. 홍콩 앞바다에 콜라병이 떴어도 빨대 없이는 못 마십니다. 부빠라바바 부빠빠. 작년에 왔던 사마구, 죽지도 않고 또 왔습니다. 자자자, 다들 모이세요. 여러분을 육체피로의 세계에서 해방시켜 줄 자양강장계의 살아 있는 신화, 이 사마구가 여러분을 다시 찾았습니다. 박수치셔도 됩니다, 여러분~."

'엥? 이게 무슨 소리지?'

노빈손은 자석에 끌리듯 소리가 나는 쪽으로 발걸음을 옮겼다.

　운 좋게도 많은 구경꾼들을 제치고 맨 앞줄로 들어가 엉덩이를 부비고 자리를 잡을 수 있었다. 웬만한 사이비교주 뺨치는 유려한 말솜씨를 듣고 모여든 사람들은, 시키지도 않았는데 둥글게 둘러앉아 잔뜩 기대에 부푼 얼굴로 앞을 바라보고 있었다.

　'헉— 사마구 할아버지잖아? 뭐 하시는 거지?'

　"자자, 그럼 이제 본론으로 스리슬쩍 넘어가 보도록 합시다. 에～ 제가 오늘 이 자리에 가지고 나온 물건은 살아 있는 사람뿐만 아니라 죽은 사람의 병까지도 낫게 하는 마법의 물약입니다, 그려. 이 약의 재료로 말씀드릴 것 같으면 백 년 묵은 산삼을 캔 심마니랑 한동네에 사는 사람이 재배한 도라지에다가, 한약 재료 중 몸에 좋다는 약재 중에서도 들어가도 그만 안 들어가도 그만인 약재를 골라 넣고, 겨울이면 각 가정의 난방장치가 얼지 않도록 하기 위한 부동액을 약간 넣고, 거기다 삐걱거리는 관절을 가진 분들을 위해 윤활유를 듬뿍, 또 심장이 안 좋은 사람들을 위해 엔진오일, 그리고 마지막으로 일 년 내내 무좀 걸리지 말라고 무좀약 넣고, 그리고 진짜 마지막으로 사시사철 모기 물리지 말라고 바르는 물파스까지…. 이렇게 좋다는 걸 다 넣고 만든 약, 이게 몸에 안 좋을 수 있겠습니까, 여러분～～."

　먹으면 오히려 병이 더 생길 것 같은 약임에도 불구하고,

청산유수처럼 거침없는 사마구 할아버지의 말솜씨는 모두의 눈과 귀를 홀려 정신을 혼미하게 만드는 힘이 있었다. 집에서 홈쇼핑 채널을 보고 있으면 자신도 모르게 주문 전화번호를 누르게 되는 증상과 비슷하다고나 할까.

'국민 건강생활 증진에 힘쓰신다더니, 엉터리 약장수였구나. 그새 진나라에 적응해 약까지 팔고 계시다니 정말 대단한걸. 알래스카에서도 김치냉장고를 거뜬히 파실 분이라니까.'

사마구 할아버지의 넉살 좋은 말솜씨는 신들린 듯 이어졌다.

"자자, 그럼 여러분의 결정을 행복한 구매로 이어지게 하기 위해 막간을 이용한 판타스틱한 쇼를 준비했습니다. 험, 오공아. 준비됐지?"

할아버지의 지시가 떨어지자 원숭이가 테이블 위로 냉큼 올라섰다. 테이블 위에는 숫자를 쓴 종이들이 미리 준비되어 있었다.

"칠!"

할아버지가 외치자 오공이는 잽싸게 7이라고 적힌 종이를 들고 왔다. 원숭이의 잔재주에 구경꾼들의 입가에는 서서히 웃음이 번지고 있었다.

"이뿐만이 아닙니다. 우리 오공이는 곱셈도 한다니까요. 자 오공아, 칠 곱하기 팔은?"

오공이는 잠시 고민을 하는가 싶더니 5와 6이 적힌 종이를 들고 나왔다.

와아아— 원숭이의 영리함에 웃음과 박수가 쏟아졌다.

"에에, 그럼 오늘 쇼의 클라이맥스라고 할 수 있는 젓가락 차력 순서가 되겠습니다. 구경꾼과 약장수가 하나 되는 그러한 시간! 빈손아, 나와 봐라."

"네? 저, 저요?"

"그럼 여기에 빈 손인 사람이 너 말고 또 있더냐? 쇼 흐름을 깨뜨리지 말고 얼른 나와라잉~."

노빈손이 나오자 사마구 할아버지는 주섬주섬 자루에서 뭔가를 꺼냈다.

"옛다, 젓가락이다. 신호 보내면 콧구멍에 살짝 대고 있다가 콱 분질러 버려라."

"에? 이 연약한 코로 뭘 어쩌라구요?"

"연약은 무슨. 그 콧구멍에는 전봇대도 들어가겠다. 오공아, 너도 준비해라. 자자, 여러분 많이 기다리셨습니다. 환상의 트리오가 보여 드리는 메가 쇼킹 차력 쇼, 핫. 둘. 셋—."

얼떨결에 젓가락 끝을 콧구멍에 넣긴 했지만, 도대체 이곳까지 와서 그야말로 무슨 쇼인지…. 하지만 초롱초롱한 눈망울로 지켜보고 있는 이 많은 사람들을 실망시킬 수는 없지.

'에라 모르겠다.'

노빈손은 신호가 떨어지자 나무젓가락을 힘껏 젖혔다. 노빈손에 이어 이번엔 할아버지와 원숭이까지 다함께.

따악 따악 따악—

젓가락 종주국, 중국
고대 중국에는 젓가락이 없어 칼과 숟가락으로 음식을 먹었다고 한다. 젓가락은 약 5,000년 전에 중국에서 발명되었는데, 큰 솥에 들어 있는 뜨거운 음식을 집어먹기 위해 작은 나뭇가지를 사용한 데서 유래되었다.

세 개의 젓가락이 차례로 부러지고 곧 깔끔한 마무리가 이어졌다.

따이, 따이, 따잇—

구경꾼들은 박수까지 치며 자지러지게 웃어댔다.

차력 쇼의 호응으로 금세 물건은 동났다. 만족스러운 듯 수염을 쓰다듬는 사마구 할아버지의 모습을 보니 한몫 단단히 챙긴 모양이었다.

"할아버지, 그러다 정체가 들통나면 어쩌려고 그러세요?"

"단속반 말이냐? 들키긴 왜 들켜. 이 생활이 벌써 몇십 년인데. 들키기 전에 잽싸게 도망가면 되는 거야. 자고로 이 쪽 세계는 치고 빠지는 게 중요하거든."

“빠지긴 뭘 빠져요, 게다가 여긴 지하인데 어디로 도망치려구요?”

“어라, 그건 그러네. 그나저나 넌 어디 가는 길이냐?”

“오늘 진시황 호위병을 뽑는 날이래요. 거기 가 보려구요.”

“나도 같이 가자. 누가 아냐, 진시황은 건강에 관심이 많으니 내 약을 좀 팔아 줄지. 숨어 있는 고객을 찾아 나서는 게 진정한 비즈니스맨의 자세 아니겠냐?”

이상형의 여인

광장으로 보이는 너른 터에는 이미 호위병 선발시험을 보기 위해 사람들이 몰려와 있었다. 어디서 왔는지 무술의 달인으로 보이는 사람들이 각양각색의 무기를 들고 광장을 가득 채웠다. 아마도 동네에서 내로라하는 무술인들은 다 모인 듯했다.

딸랑 딸랑 딸랑—

어디선가 방울소리가 들려왔다. 처마 끝에 달려 있는 풍경소리와도 비슷한 방울소리가 들려오자 모인 사람들이 차례로 바닥에 엎드리기 시작했다.

“이게 무슨 소리예요? 왜들 갑자기 머리를 조아리고 그러죠?”

종소리 울려라, 종소리 울려~
진시황은 행차시 자신이 타고 있는 마차에 거대한 방울을 달아 멀리서도 자신의 행차를 알 수 있게 했다. 그리고 자신만이 다닐 수 있는 전용도로를 만들어 그 길에 높은 담을 쳤다. 거기다 똑같은 모양의 수십 대의 마차를 동원해 어느 마차에 황제가 타고 있는지 아무도 알지 못하게 했다니, 굳이 방울을 달 필요가 있었을까?

"이 소리가 바로 비령소리잖아. 진시황은 마차에 단 비령소리로 자신이 행차하는 걸 알린다고."

"참나, 루돌프가 끄는 썰매에 탄 산타할아버지도 아니면서 웬 종소리람. 난 절대로 안 엎드릴 거라구요."

"무엄하도다. 머리를 숙여라. 엎드려 조아려 예를 표하라."

고함소리에 놀라 자신도 모르게 제일 납작 엎드리는 노빈손. 우리의 주인공이 순식간에 비굴 모드로 전환된 게 아닌가 싶지만, 이게 다 고된 여행에서 살아남을 수 있었던 나름의 노하우라고 해 두자.

머리를 조아려 엎드린 사람들 사이로 진시황과 귀비가 탄 마차가 경비병들에게 둘러싸여 긴 행렬을 이어가고 있었다.

"어디 그 유명한 양귀비를 닮았다는 귀비의 얼굴이나 한번 볼까? 학교 다닐 때 커닝하던 실력으로 몰래 훔쳐보면 아무도 모르겠지. 히히~ 어디 보자~."

마침내 마차는 노빈손이 있는 곳에 다다랐다.

노빈손은 잽싸게 고난도의 가자미 눈뜨기 기술을 연출하며 흘끗 마차를 올려다보았다. 하지만 귀비의 얼굴은 아쉽게도 베일에 가려져 있었다.

'중국 절세미인 얼굴 좀 보려고 했는데 다 틀렸네.'

아쉬워하며 고개를 다시 숙이려는 바로 그때였다. 갑자기 베일이 가볍게 날리면서 가려진 귀비의 얼굴이 살짝 드러났다. 이 순간을 노빈손이 그냥 지나칠 리 없다. 빈손은 날카로

오늘날 우리가 사용하는 칫솔의 기원은 1천5백 년경 고대 중국에서 찾아볼 수 있다. 옛날 중국인들은 추운 지방에 사는 돼지의 뻣뻣한 털을 대나무나 뼈로 만든 손잡이에 박아서 이를 닦는 데 썼는데 이것이 유럽에까지 소개가 되었다. 그러나 세균의 온상지인 동물의 털을 이용했다는 데에 따른 위생상의 문제 등으로 칫솔은 변화를 거듭해, '기적의 칫솔'이라고 불리는 오늘날의 나일론 칫솔로 발전하게 된다.

운 눈으로 귀비의 얼굴을 낚아채듯 훔쳐보았다.

아기피부처럼 뽀얀 피부, 붉디붉은 입술에, 선녀처럼 틀어 올린 긴 머리…. 그리고 풍만한 몸매.

'오, 저 얼굴은….'

찰나였지만 중국 고전에나 등장할 법한 빼어난 미인임을 한눈에 알 수 있었다.

그런데 귀비의 얼굴은 희한하게 처음 봤는데도 어딘지 많이 낯이 익을 뿐만 아니라 마치 전부터 알고 지낸 듯한 친근한 느낌을 주었다. 노빈손은 귀비의 얼굴을 자세히 보기 위해 목을 기린처럼 쭉 늘였지만, 아쉽게도 베일은 다시 들춰지지 않았다.

미스터 호위병 선발대회

"조용히들 해라. 우리의 위대하신 시황제께서 오늘 있을 호위병 선발대회를 기념하시어 한 말씀하시겠다. 모두 주목— 어이 거기 조용히 못 해! 거기 거기도 조용—."

환관 세시의 말이 길어지자 진시황이 짜증스럽다는 듯 한마디 던졌다.

"내시, 너나 조용히 해. 내가 보기엔 니가 더 시끄러워."

"소, 송구하옵니다, 황제 폐하."

세시는 두려움에 떨며 바닥에 이마를 납작 조아렸다. 이때 진시황 좌우로 도열해 있던 환관 중 하나가 입을 열었다.

"아뢰옵기 황공하오나 황제 폐하, 내시가 아니라 세시이옵니다…."

"세시나 내시나 한 시간 차이구만 뭐. 가만, 누가 지금 말대답했냐? 누구냐, 누구야?"

순간 식장은 조용해졌고 환관들의 얼굴은 새파랗게 질렸다. 아무도 두려움에 자신이 했다고 감히 나서지 못하고 서로 눈치만 보고 있었다. 한 3초의 시간이 흘렀을까…, 독수리 같은 눈으로 좌중을 노려보던 진시황은 서슬 퍼런 목소리로 외쳤다.

"좋다. 귀찮게 찾을 거 뭐 있냐. 여봐라, 여기 서 있는 녀석들을 당장 몽땅 끌어내어 하나도 남김없이 처형해 버려라. 뭐 하냐, 죄다 데려가라, 얼른!"

진시황의 명령이 떨어지기가 무섭게 그 자리에 있던 환관들이 모조리 병사들에게 끌려나갔다. 두려움에 떨다 못해 바닥에 질질 오줌을 싸는 사람도 있었다.

"폐, 폐하, 주, 죽을죄를 지었사옵니다. 황제 폐하— 제발 살려주시옵소서! 황제 폐하, 폐하—."

끌려가는 환관들의 비명으로 생지옥이 연출되었고 이를 지켜보는 사람들 사이에는 두려움이 물결처럼 일었다. 환관들이 끌려나가자 순식간에 호위병 선발대회장은 쥐죽은 듯

신선이 되고 싶었던 진시황은 '사람을 만나면 그 사람의 사사로운 기운이 몸에 흘러들어 와 신의 기운을 해친다'는 방사(주술사)의 말에 따라, 자신이 있는 곳을 아무에게도 가르쳐 주지 말도록 지시했다. 그런데 우연한 계기로 그의 거처가 알려지게 되자, 매우 노한 시황제는 자신의 거처를 흘린 자를 잡기 위해 조사했다. 하지만 도저히 알아낼 수가 없자, 그때 곁에 있던 자들을 모조리 죽였다.

조용해졌다.

하지만 이런 와중에도 항상 공포심보다 호기심이 조금 더 앞서는 노빈손은 슬쩍 고개를 들어 진시황을 쳐다보았다.

진시황은 생각했던 것보다 더 처참한 몰골이었다. 창백하다 못해 푸른 빛마저 감도는 그의 얼굴은 살아 있다는 것이 믿어지지 않을 정도였다. 게다가 쭈글쭈글 빈틈없는 주름과 검버섯으로 인해 그의 실제 나이를 가늠하기 힘들었다.

또한 눈은 길고 부리부리하며 콧날이 오뚝하게 하늘로 올라간 것이 마치 사나운 매 같았다. 뿐만 아니라 목소리는 짐승의 썩은 고기만을 노리는 하이에나같이 거칠고 날카로운 게, 진시황은 한마디로 동물의 왕국 같은 인간이었다. 죽지 못해 산다는 건 바로 그를 두고 하는 말일 것이다.

"에~ 나는 최고가 아니면 상대하지 않는 사람이다. 오늘 호위병으로 뽑히는 사람들은 최고 중에 최고만을 상대하게 될 것이다. 나를 호위하는 것 그 자체가 신을 호위하는 것과 같은 가문의 영광일 것이야. 내 여기 있는 아름다운 귀비, 양귀비의 환생이라고 일컬어지는 이 여인과 함께 지켜볼 것이니 몸을 사리지 말고 그동안 갈고 닦은 실력을 유감없이 펼치거라. 만약 지켜보기에 유감이면 정말 유감스러운 일이 발생할 테니. 자, 호위병 선발대회의 시작을 선포한다. 귀비, 당신도 한마디 하겠소?"

"아뇨, 전 다리가 아파서 좀 쉬고 싶어요."

매의 가슴, 승냥이 같은 목소리
사마천은 《사기》에서 울포의 말을 인용해 '진시황의 생김새는 높은 콧등과 긴 눈, 매와 같은 가슴을 가졌으며, 목소리는 승냥이와 같다'고 했다. 성격에 대해서는 후생과 노생이라는 사람의 말을 인용해 '천성이 사납고 독단적'이라고 전하고 있다. 하지만 이런 묘사는 진시황에 대한 부정적인 입장에서 서술되었을 가능성이 크다.

"그래, 그래. 얘들아~ 세상에서 제일 편한 의자를 귀비에게 대령하라."

진시황은 마치 팔대독자인 손자를 위하는 할머니처럼 귀비를 애지중지했다. 귀비가 의자에 앉아 얼굴을 가린 베일을 걷자 사람들의 입에서 나지막한 탄성소리가 흘러나왔다.

와아아— 어쩜—

"저 풍만한 몸매를 봐. 진짜 양귀비가 환생한 것 같다."

"헉, 경국지색(傾國之色)이라더니 내 살다살다 저런 미인은…. 하얗고 투명한 얼굴이 마치 백옥 같아."

"아름다움에 눈이 먼 것 같아. 내 눈, 내 눈~~."

여기저기서 들려오는 사람들의 탄성에 진시황의 얼굴에는

뿌듯한 미소가 번졌다.

넉넉한 몸매의 귀비는 맑고 검은 눈으로 경기에 참가한 사람들을 한명 한명 둘러보았다. 노빈손은 그런 귀비의 얼굴을 조금이라도 더 자세히 보기 위해 사람들 틈에서 이쪽저쪽 얼굴을 내밀었다.

그런데, 사람들을 둘러보던 귀비의 얼굴이 뭔가를 발견한 듯 한곳에 고정되었다. 그러더니 눈이 휘둥그레지면서 안색이 빠른 속도로 창백해졌다.

"귀비, 어디가 불편하오?"

"아, 아닙니다."

귀비는 아무 일도 없는 듯 애써 태연한 척했지만, 조금만 예민한 사람이라면 귀비의 몸이 가늘게 떨리는 것을 느낄 수 있었을 것이다. 당신이 좀더 예민하다면, 누군가를 바라보는 그녀의 눈동자가 심하게 흔들리는 것까지 눈치챘을 것이다. 그렇다면 혹시 귀비의 시선 끝에 노빈손이 있다는 것도 알아차렸는가?

노빈손을 바라보는 그녀의 얼굴은 창백해져만 가고 있었다.

"저기요, 할아버지. 귀비가 절 쳐다보는 것 같지 않아요?"

"이눔 혹시 도끼병 아냐? 세상 모든 여자들이 자기한테 관심 있는 줄 아는 거 아녀? 귀비가 가자미 눈이라면 또 모를까."

'이 느낌은 뭘까?'

노빈손은 분명히 느꼈다, 귀비가 분명 자신을 바라보고 있다는 걸. 그것도 먼 여행에서 돌아온 사람을 반기는 듯한 표정으로, 오랫동안 알고 지낸 막역한 사이처럼 그윽한 눈길로 자신을 말이다. 게다가 가슴 한구석이 이렇게 방망이질을 치고 있으니….

'혹시 파자점 점쟁이가 말한 이상형이 바로 저 귀비를 말하는 게 아닐까? 오, 신이시여, 이것이 운명이라면 기꺼이 받아들일랍니다.'

귀비를 보는 순간 그녀가 자신의 운명일 거라고 철석같이 믿어 버린 노빈손은 조바심이 났다. 이대로 그녀를 만나지 못한다면 평생을 두고 후회할 것만 같았다. 그래, 그녀를 만나야 한다. 아니 꼭 만날 테야.

"할아버지, 저 귀비랑 만나려면 어떻게 해야 돼요?"

"그게 말처럼 그렇게 쉬운 줄 알아. 원래 후궁들은 궁궐 가장 안쪽 깊숙이 머무는 데다가 호위병들이 수십 겹을 에워싸고 있다구. 그런 귀비를 무슨 수로 만난다는 거야? 또 모르지, 이번 호위병 선발시험에서 합격한다면 볼 수 있을지도."

노빈손은 두 주먹을 불끈 쥐고 벌떡 일어섰다.

"보겠어요, 호위병 선발시험을 볼래요."

"앉아, 이눔아. 보는 건 자유다만, 너 무술할 줄 알아? 이 많은 사람들과 싸워 이길 수 있겠어?"

그제야 상황을 파악한 듯 노빈손은 눈을 껌뻑이며 물었다.

"시험은 어떤 걸 보는데요?"

"빨리도 물어본다. 조금 있으면 시험인데 지금 뭘 어쩌려고?"

"어쩌긴요. 시험 공부해야죠. 이래봬도 시험 보기 몇 분 전 벼락치기 공부하는 데는 도가 튼 사람이라구요."

"그럼 붙을 자신 있다?"

"험험…, 결과는 그리 중요한 게 아니에요. 무엇보다 과정이 중요한 거 아니겠어요."

"꼭 공부 못하는 애들이 그런 소리 하더라. 그 결과 안 봐도 짐작이 가는 바이다."

하지만 사마구 할아버지의 그 어떤 말도 이상형의 여인을 향한 노빈손의 강한 의지를 꺾을 수는 없었다.

"그래도 볼 거예요. 여기서 이겨야만 제 이상형을 만날 수 있다구요."

"그래? 어찌됐건 용기가 가상하네. 그럼 자, 이거라도 한 병 마시고 힘내서 해라."

"고맙습니다. 마침 갈증이 났었는데."

노빈손은 숨도 쉬지 않고 할아버지가 준 음료수를 단숨에 들이켰다.

"맛이 특이하네요. 무슨 음료수예요?"

"뭐긴, 아까 팔다 남은 특제 자양강장 피로회복제지."

컥—

중국 역사책 《양사》의 기록에 의하면 서기 458년에 불교승 혜심과 그의 제자들이 현재의 아메리카 대륙인 멕시코에 도착했다. 이는 콜럼버스가 대서양을 횡단하여 카리브 제도의 하나인 산살바도르에 도착한 것보다 무려 1천 년이나 앞선 것이다. 지금도 아메리카 대륙에서는 은나라부터 남송 시대의 것으로 보이는 다양한 한자 유물들이 발굴되고 있다.

자양강장제의 위력

호위병을 뽑는 시합은 두 명씩 대련을 해 이긴 사람들끼리 다시 대결을 하는 토너먼트 방식이었다. 대련 시작을 알리는 감독관의 신호가 울리자 순식간에 광장은 무술고수들의 격투장으로 변했다.

타악 타악 땃—

히얍 헛—

기합소리와 함께 공중으로 솟아오르는 사람, 온몸의 기를 손바닥으로 모아 장풍을 몰아치는 사람, 긴 봉을 자유자재로 휘두르며 상대방을 제압하는 사람…. 한눈에 봐도 초절정 무

78

술의 달인들이 다 모인 듯했다.

노빈손의 첫 상대는 덩치가 꽤나 큰, 털이 텁수룩한 남자였다.

남자의 무기는 쇠로 만든 봉 끝에 거대한 성게처럼 삐죽삐죽한 철심이 붙어 있는 것으로, 20kg은 족히 나갈 것 같은 흉측한 물건이었다. 스치기만 해도 그냥 운명해 버릴 만한 막강 흉기라고나 할까? 노빈손은 호흡을 가다듬었다.

'귀비를 만날 수 있는 기회는 지금뿐인데….'

"가소롭게 생긴 녀석이구나. 중국집 주방에서 익힌 수타권법으로 한 방에 보내 주지."

남자는 우렁찬 기합소리와 함께 바닥을 박차고 공중으로

치솟아 오르더니, 면을 뽑는 것처럼 철퇴를 높이 치켜들어 흔들었다.

"손 수, 때릴 타. 수타권(手打拳)!"

공기를 찢는 소리를 내며 무섭게 떨어지는 철퇴.

"잠깐—!"

갑작스런 노빈손의 날카로운 외침에 허공으로 날아올랐던 남자는 흠칫 놀라 중심을 잃고 허우적대다 떨어졌다.

"깜짝이야, 놀랐잖아. 내가 얼마나 심장이 약한데…. 아얏."

몸을 일으키려던 남자는 한쪽 다리가 부러졌음을 그제야 알아차렸다.

"내 다리, 으악, 내 다리~."

지켜보던 심판, "노빈손 판정 승~!"

얼래? 난 그냥 손들고 항복하려던 건데, 쩝~.

노빈손은 뜻밖의 승리에 입맛을 다셨다.

"이게 뭐야, 억울해. 내 다리 내놔, 내 다리. 내가 얼마나 준비를 많이 했는데. 이거 놔. 아얏, 놓으란다고 진짜 놓으면 어떡해."

진시황은 이들의 수준 낮은 대결을 보며 혀를 끌끌 찼다.

"저런 한심한 녀석들, 자장면 면 뽑는 것도 아니고 수타권이 뭐야, 수타권이. 다음—!"

첫번째 시험은 그럭저럭 통과하긴 했지만 두번째 시험에서도 요행을 바라는 건 무리인 듯했다. 절반의 인원이 추려

진시황이 지은 아방궁 앞에는 전국에서 몰수한 병기를 녹여 만든 거대한 시황제의 동상이 12개나 자리잡고 있었다. 그리고 아방궁의 문은 무기를 가지고 들어오는 자객을 색출해 내기 위해 자석으로 만들었다고 한다. 흉기를 품고 궁으로 들어오려던 자객들이 문에 딱 붙는 모습, 생각만 해도 재미있지 않아?

지고 남은 사람들은 한눈에도 고수임을 알 수 있을 정도로 강한 사람들뿐이었다.

"운이 좋아서 여기까지 왔지만 이제 어쩌지? 그나저나 배가 살살 아파오네. 할아버지가 준 자양강장제가 속에서 폭발하나 봐."

이때 다음 시합을 준비하는 사람들 틈에서 민첩하게 움직이는 검은 그림자가 있었다. 사람들이 무기를 점검하고 있는 사이, 검은 그림자는 사람들을 헤치고 진시황의 곁으로 가까이 다가갔다. 호위병의 시합으로 정신이 없는 궁내에서 그를 신경 쓰는 사람은 아무도 없었다.

이윽고 진시황 가까이에 자리를 잡은 검은 그림자의 주인은 품 안으로 손을 넣었다. 아주 잠깐이긴 했지만 그의 품속의 예리한 칼날이 빛을 받아 번쩍였다. 결심한 듯 칼을 움켜쥔 검은 그림자는 진시황을 향해 일격을 날릴 순간만을 엿보고 있었다.

이때, 누군가 슬그머니 어깨에 기대왔다. 검은 그림자는 너무 놀란 나머지 하마터면 자신을 찌를 뻔했다. 깜짝 놀라 뒤돌아보니 그건 바로 식은땀을 뻘뻘 흘리며 고통을 호소하는, 노빈손이었다!

"아이고, 배야―. 아저씨, 배가, 배가 너무 아파요. 아야야―."

"야, 야. 나 지금 바쁘다, 좀 떨어져."

중국의 국기는 붉은 바탕에 황색 큰 별 1개와 작은 별 4개가 그려져 있다. 이 별들은 다 나름의 의미를 가지고 있다. 큰 별은 중국공산당을 의미하고, 4개의 작은 별은 각각 노동자, 농민, 지식인, 자본가 이렇게 4계급으로 구성된 국민을 나타낸다. 또 바탕색인 붉은색은 혁명을, 별의 노란색은 황인종을 가리킨다.

"아저씨, 사람이 아프다는데 그렇게 모른 체하시면 안 되죠. 배 아파요, 아저씨. 저 급해요, 화, 화장실이 어디예요?"

"어딨는지 내가 어떻게 알아, 제발 좀 떨어져."

노빈손이 몸을 베베 꼬며 하도 앓는 소리를 하는 통에 사람들이 둘을 흘긋대며 쳐다봤다. 이러다 거사를 그르칠지도 모른다는 생각에 검은 그림자의 사내는 몸이 달았다.

"야, 저리 좀 떨어지라니까. 나 무지하게 바쁜 사람이야. 이거 놔."

"아이고 배야, 아이고 배야—."

기침 한 번만 해도 이불을 뒤집어쓰고 눕는 노빈손에게 이 정도의 고통은 앰뷸런스에 실려 가야 마땅한 것이었다.

검은 그림자의 주인은 모처럼 찾아온 기회가 날아가 버릴지도 모른다는 초조감에, 진시황을 향해 걸음을 빠르게 옮기면서 가슴에 품은 칼을 뽑았다.

그 순간, 더 이상 어쩔 수 없다는 듯 배를 움켜쥐고 웅크려 앉는 노빈손.

"엄마, 말숙아. 나 살려라~."

무서운 속도로 돌진하던 사내는 웅크린 노빈손을 보지 못하고 그만 걸려 넘어지고 말았다. 그리고 자객의 손을 떠나 진시황 앞에 쨍~ 소리를 내며 떨어지는 칼.

그제야 사태를 알아차린 호위병들이 달려들어 자객을 끌어냈고 진시황은 놀란 가슴을 쓸어 내렸다.

"휴우― 또 암살시도냐? 호위병이 수백 명이 있으면 뭐 해. 니들이 병풍이냐? 그냥 멀거니 지켜만 보게. 어휴, 한심하고 답답한 것들…. 그나저나 저 발칙한 자객을 막은 갸륵한 자가 누구냐?"

호위병들이 물러서자 배를 움켜쥔 노빈손의 모습이 드러났다.

"오, 정말 특이한 자세로 암살범을 막았도다. 짐의 목숨을 구한 그대를 황제의 권한으로 특채로 선발하노라. 소감이 어떤가? 위대한 황제인 나 시황제에게 직접 칭찬을 들으니 감동했지?"

"저, 급한데 화장실부터 다녀오면 안 될까요?"

자객을 풀어 준 양자
중국에는 '남자는 자신을 알아주는 사람을 위해 죽고, 여인은 자신을 사랑해 주는 자를 위해 꾸민다'는 말이 있다. 전국시대의 예양은 자신을 알아주던 단 한 사람인 지백의 원수를 갚기 위해 그의 원수인 양자를 죽이려 했지만 실패하여 죽임을 당할 뻔했다. 그러나 양자는 그의 의를 높이 사, 자신을 죽이려던 자객 예양을 풀어 주었다고 한다.

중국 맛 한번 볼래?
자장면 맛보다 좋지, 물론!

진시황, 그는 누구인가?

▶ **본명** 영정(嬴政, BC 259~BC 210)

▶ **국적** 중국 진나라

▶ **직업** 중국 최초의 황제

▶ **좌우명** 사람 위에 내가 있고, 사람 밑에 네가 있다(가끔 자신과 신을 동격이라고 여김).

▶ **습관** 매일 30kg의 서류를 결재하지 않으면 잠을 못 자는 일 중독증 환자

▶ **특기** 건축, 거슬리는 사람들 순식간에 정리하기

▶ **취미** 자아도취, 통일하기(도량형, 화폐, 문자, 바퀴 폭 등)

▶ **좋아하는 색** 검은색, 노란색(왕위에 오른 후 황제의 색으로 지정)

▶ **관심 분야** 여행(황제가 된 후로 다섯 차례나 전국 국토 대장정에 나섬)

▶ **싫어하는 놀이** 자리 뺏기 놀이(누가 내 왕자리 채 갈라-)

▶ **좋아하는 여성상** 없음(바람둥이 엄마의 영향으로 여자를 믿지 못하나 사랑받고 싶어 늘 몸부림치는 인물)

▶ **희망사항** 만화 '은하철도 999'의 철이처럼 영원한 생명

만약 시황제가 천하를 통일하지 않았다면 중국은 현재의 유럽처럼 여러 나라로 나뉘어져 있을 것이다. 사실 그가 대륙을 통일하기 이전에는 중국이라는 것이 존재하지 않았다. 진시황이 중국을 통일하기 이전의 역사서에 나타난 중국이라는 단어는, 단지 '나라의 중앙' 또는 '수도'라는 의미에 지나지 않았던 것이다. 그가 대륙을 통일하고 나서야 비로소 '우리는 같은 나라의 사람'이라는 인식이 중국사람들에게 생겨났다. 그로 인해 삼국의 분립시대나 남북조 분열시대에도 중국인들은 '언젠가는 하나로 통일되는 것이 본래의 중국의 모습이다'라는 생각을 자연스럽게 가졌던 것이다. 중국을 영어로 차이나(China)라고 부르는 이유도 진나라의 진(Chin)에서 나온 말이라고 하니, 진나라가 중국 역사에 얼마나 큰 영향을 미쳤는지 짐작이 가고도 남음이 있다.

최초의 황제

겨우 열세 살의 나이에 왕이 된 진시황은 39세라는 젊은 나이에 드디어 중국 천하를 평정해, 중국 역사상 가장 위대한 통일 국가를 건설했다. 진시황은 자신의 크나큰 업적을 후대에 전하기 위해 전부터 쓰던 제왕이라는 호칭을 새롭게 바꾸길 원했다. 그래서 그는 우주 만물을 주관하는 신과 마찬가지라는 뜻을 가진 '황제(皇帝)'에, 최초라는 뜻의 '시(始)'자를 덧붙여 자신을 '시황제'라 부르기로 했다. 이후 황제라는 단어는 중국의 역대 왕조에서 최고 지배자의 칭호가 되었다.

문자의 통일

진시황은 여러 가지 제도를 새롭게 제정했는데, 그 중 가장 대표적인 것이 '문자의 통일'이다.

천하를 통일했을 당시, 각 나라마다 글자의 형태가 달랐다. 그 근본은 모두 은나라의 갑골문자에서 나온 것이었지만 지역에 따라 제각기 다른 문자가 있었던 것이다. 시황제는 진나라의 글자 형태를 천하의 문자로 정하고, 나머지 문자들은 폐지시켰다.

같은 문자가 전국에서 사용된다는 것은 전국적으로 의사소통을 할 수 있다는 뜻이다. 진시황은 단순히 국토만 통일한 것이 아니라 실질적인 중국의 통일을 이루었던 것이다.

도량형의 통일

도량형을 통일시켰다는 점 역시 중요하다. 당시 중국 전역은 곡식의 양을 재는 단위나, 길이를 재는 단위 등이 약간씩 달랐다. 그래서 되나 말이 지역마다 달라서 이곳에서의 1말

이 저곳에서의 1말보다 적은 경우가 많았다. 진시황은 천하를 통일한 바로 그 해에 한 홉(0.33m², 180ml)이라는 표준 용기를 제작해, 전국에 그것을 따르도록 명령했다. 이렇게 함으로써 편리하게 거래가 오가게 되고, 따라서 산업과 경제가 발전하게 되었다. 화폐의 경우도 마찬가지로 진의 화폐가 전국적으로 통용되었다.

바퀴 폭의 통일

통일되기 전의 대륙 각국은 다른 나라의 수레가 들어오지 못하도록 바퀴의 폭을 제각기 달리했다. 즉 수레는 대부분 전차였는데 말이 끄는 전차는 도로에 깊은 바퀴자국을 냈고 이것은 레일처럼 골을 만들었다. 알다시피 전차는 싸움을 위한 것이므로 타국의 전차가 들어오지 못하도록 이 바퀴 폭을 다르게 해

두면 적의 침입을 막는 데 효과가 컸다. 그런데 진시황에 의해 천하가 통일되었으니 더 이상 적의 침입을 고려하지 않아도 되었다. 바퀴자국의 차이가 이제는 전국의 교통흐름을 저해시킨다고 여긴 시황제는 전국에 도로를 만들고 바퀴의 폭을 통일시켰다.

만리장성 건설

통일 천하를 이룬 진시황에게도 계속 부담이 되는 세력이 있었으니 바로 흉노족이었다. 그래서 흉노족의 침입을 막기 위해 전국시대에 여러 나라들이 북변에 구축했던 성들을 증축·개축하도록 하는 임무를 몽염장군에게 맡겼다. 몽염은 지형 지물을 이용하여 요새를 구축했으며, 10여 년 만에 임조에서 요동에 이르는 1만여 리의 대장정을 완성했다. 이 대공사로 30만 명이 넘는 사람들이 동원되어 이루 말할 수 없는 고통에 시달렸다.

사람들 머릿속까지 지배하고 싶어 했던 진시황

진시황은 제국의 장기적인 지배를 위해 사람들의 생각까지도 통일하기를 바랐다. 따라서 민간인들에게는 당시의 지배 이념인 법가사상서와 실용서적들을 제외한 어떠한 책도 소지할 수 없도록 했으며 관리가 아닌 사람들은 자유로운 학술토론을 할 수 없도록 했다. 곧 전국에 있는 수많은 서적들이 금서로 취급, 수거되어 잿더미로 변했다. 옛 서적에 대해 논하는 자는 사형에 처해졌고 옛것을 찬미하고 진나라를 비방하는 자는 일족을 멸한다는 법령이 반포되었다. 이듬해

이를 비판하는 유생 460여 명이 생매장당하는 사건이 일어
난다.

그러나 강력한 왕권을 행사하며 영원할 것 같았던 진나라
는, 가혹한 강압 정치와 만리장성·아방궁 같은 대공사로
고통을 당한 백성들이 황제가 죽은 후 각지에서 반란을 일
으켜 멸망하게 된다. 통일한 지 겨우 14년 만의 일이었다.

불로불사의 꿈

"이번에 조나라 후손 중 한 녀석이 나를 암살하려고 했다는 소식을 들었을 것이다. 내가 아주 그놈의 자객들 때문에 눈을 감고 못 자요. 쌍꺼풀 수술 부작용도 아니고 내가 왜 눈을 뜨고 자야 되냐고. 아니 영원히 좀 살아 보겠다는데 그게 그렇게 배 아파? 억울하면 지들도 황제 하면 될 것 아냐. 목숨을 몇 개로 늘릴 수도 없고. 에잇—."

도열한 문무백관들은 진시황의 분노 앞에서 다들 허리를 펴지 못했다. 이때 환관 세시가 종종걸음으로 들어와 진시황 앞에 머리를 조아렸다.

"무슨 일이냐? 기분도 안 좋은데."

"황제 폐하, 갈가리 박사가 뵙기를 청하옵니다. 영원히 만수무강하는 비책을 발견했다고 하옵니다."

자객 때문에 맘 상해 있던 진시황은 영원히 사는 비책이라는 말에 당장 희색이 돌았다.

"오, 당장 들라고 하여라."

쾅. 쾅. 쾅—

갈가리 박사는 바닥에 도장을 찍듯 삼궤구고두를 하고 벌게진 이마를 움켜쥐며 진시황 앞에 엎드렸다.

"살살하게. 그러다 바닥에 피 묻어. 피 묻으면 니가 닦을래? 그래, 자네가 영원히 사는 방법을 발견했다고?"

"네. 황제 폐하, 이번 프로젝트는 제 명예를 걸고…."

"명예를 걸어? 자네한테 걸 명예가 있었나? 그동안 자네한테 실망한 게 어디 한두 번이어야지. 괜히 서론 길게 앞세우지 말고 바로 본론으로 들어가. 무슨 방법인데 그래?"

"네, 그러니까 위인들 중에서 가장 오랫동안 살았던 사람들의 삶을 철저히 조사 분석, 그들의 비법을 낱낱이 파헤쳐 봤습니다."

오래 산 사람들이라는 말에 진시황의 귀가 쫑긋했다.

"먼저, 아인슈타인. 그는 천재라고 불리며 상대성이론을 비롯한 많은 과학적 원리를 개발해 인류로부터 존경과 사랑을 받았습니다."

"오~ 그래? 그가 그렇게 오래 살았나?"

"아뇨, 불행히도 오래 못 살았습니다. 다음 세종대왕. 한글을 만들고…."

"그래? 그는 얼마나 오래 살았나?"

"아뇨. 그분도 백 년을 못 넘기고 운명하셨습니다."

"그럼 대체 그 사람들 얘긴 왜 꺼내는 거야, 엉?"

다혈질인 진시황의 얼굴이 금세 버얼겋게 달아올랐다.

"바로 그겁니다. 이들은 백 년도 넘지 못하는 삶을 살았지만 왜, 도대체 왜, 아직도 사람들의 입에 오르내리는 걸까요? 저는 바로 여기서 장수의 비밀을 찾을 수 있었던 것입니다."

"오, 그렇다면? 정말 찾아냈더냐?"

93

**황제에게 경배를
— 쿵!쿵!쿵!**

삼궤구고두(三跪九叩頭). 중국 청나라에서 시행한 황제에 대한 경례법으로 삼배구고라고도 한다. 세 차례 무릎을 꿇고 매번 3회씩 머리를 조아려 모두 9번 조아리는 의례를 말한다. 삼궤구고두의 예는 청나라 이전부터 있었으나 청나라 시대에 들어와서 제도화되었다. 이때 이마가 바닥에 살짝 닿는 것이 아니라 방아 찧듯이 소리가 크게 나야만 황제에 대한 충성심과 공경심이 높은 것으로 평가되었다. 생각만 해도 머리 아프지?

"그렇습니다. 기뻐해주십시오. 드디어 방법을 알아냈던 것입니다."

"그래? 오~ 장하다, 갈가리 박사. 내가 그렇게도 원하는 영원한 생명을 드디어 얻을 수 있단 말인가? 이렇게 기쁠 수가. 어서 방법을 말해 보게."

"방법은 바로, 그분들이 사람들의 마음속에 영원히 살아 있다는 것에서 찾을 수 있습니다. 사람들의 마음속에 살아 있다면 그것은 죽어도 죽은 것이 아닌 것입니다. 사람들 입에서 입으로 전해지면서 영원한 삶을 살게 되는 것이지요."

"이건 뭐 자다가 남의 다리 긁는 소리야? 그러니까 나보고 죽어서 사람들 마음속에서나 영원히 살아 있으라는 얘긴가? 그걸 지금 말이라고 해? 엉? 갈가리 박사, 여기서 그만 세상 하직하고 사람들 마음속에서나 살아 볼래?"

"아니, 저… 그게… 저는… 개똥밭에 굴러도 이승이 낫다고 저는 이승이 훨씬 편하고 좋은뎁쇼."

"개똥? 이승? 오늘 기분도 안 좋은데 어디 한번 개똥밭에서 굴러 봐라. 여봐라, 게 아무도 없느냐? 죽은 사람 소원도 들어준다는데 이 녀석을 개똥밭에서 실컷 구르게 해 줘라!"

"아악, 폐하~ 폐하!"

질질질 끌려가는 갈가리 박사의 처절한 비명소리가 궁 안에 울려 퍼졌다.

"개똥도 약에 쓰려면 없다더니, 개똥밭이 웬 말입니까아—."

양귀비의 정체

토실토실 살 오른 달이 걸린 하늘은 인자한 미소를 짓는 부처님 같은 표정이었다. 하늘에 흩뿌려진 별들이 무색하리만치 달이 밝은 그런 날이었다.

"할아버지, 중국에 온 게 엊그제 같은데 이상형의 여인도 만나고, 또 진시황의 호위병이 되어 궁궐 생활까지 하게 되다니…. 이 믿기지 않는 상황들 때문에 밤에 자다가도 깜짝깜짝 놀라 깬다니까요."

"왜, 잠이 잘 안 오냐? 그럼 내가 만든 특제 한방 갈근탕을 먹어 봐라. 꿈 한 번 안 꾸고 아침까지 죽은 듯 자게 될 테니."

"그러다 저번처럼 정말 죽을 뻔하는 건 아니구요?"

"너 지금 내 약의 효력을 의심하는 거냐?"

사마구 할아버지의 얼굴이 붉으락푸르락해지면서 수염이 바르르 떨리자 노빈손은 재빨리 화제를 돌렸다.

"제 말은 그런 뜻이 아니라…. 그건 그렇고 지하세계에도 별과 달이 떠 있다는 게 안 믿겨져요."

"진시황이 무덤을 지을 때 각종 보석으로다가 별과 달을 만들었다는 얘기는 들은 적이 있지만, 실제로 보니 정말 장관이로구나. 저게 별 같아 보이지만 다 보석이라구. 어디 별똥별 안 떨어지나. 난 별 따러 갈란다. 나중에 보자."

으휴, 정말 못 말리는 할아버지라니까.

제나라의 천문학자 감덕은 육안으로 목성의 위성을 발견했는데, 이는 이탈리아 천문가인 갈릴레오가 1609년 망원경을 사용하여 목성의 위성을 발견한 것보다 무려 2,000년이나 앞선 것이다.

얼떨결에 진시황을 암살하려던 자객을 잡고 또 운 좋게도 귀비 처소 근처로 배치를 받은 노빈손은 귀비를 다시 만날 날만을 손꼽아 기다리고 있었다. 그때,

끼이익—

문이 열리고 사각거리는 비단 옷자락 소리가 밤의 정적에 파장을 일으키고 있었다.

'귀비다!'

이 기회가 아니면 다시는 귀비를 볼 수 없을지도 모른다는 생각에 노빈손은 망설임 없이 귀비 앞을 가로막았다.

"귀비 마마."

갑작스런 인기척에 놀라 고개를 든 그녀의 얼굴은 보름달 빛에 더욱 더 아름답게 빛을 내고 있었다. 그녀는 호위병 선 발대회장에서와 같은 은은한 눈빛으로 노빈손을 바라보았 다.

'역시 나한테 첫눈에 반했나 봐. 도대체 이놈에 인기는 어 딜 가나 사그라질 줄을 모른다니까.'

귀비는 점점 더 노빈손에게 다가오고 있었다. 그리고 이어 지는 그윽한 눈길. 아, 이것이 바로 운명인가….

퍽—

엥?

귀비는 기대했던 달콤한 포옹 대신 노빈손의 얼굴을 주먹 으로 강타했다.

기원전 1세기경 로마의 카이사르는 중국에서 들어온 비단으로 만든 옷을 입고 연극 구경을 했는데, 극장에 모인 관중들이 그 눈부신 듯한 비단의 화려함에 넋을 잃어 정작 연극은 보지 않고 카이사르의 옷만 쳐다봤다고 한다.
중국에서 최초로 생산된 비단은 2,000년 전 한나라의 장건이 개척한 실크로드(비단길)를 통해 유럽, 서아시아 지역에 수출되어 크게 인기를 끌었다.

“어디서 뭘 하고 있다가 이제야 온 거야?”

갑자기 얻어맞은 노빈손은 너무나 놀라고 황당해서 입이 다물어지지 않았다.

“파리 들어가겠다, 입 다물어. 난 안 오는 줄 알았단 말야.”

노빈손은 갑작스런 상황전개에 너무 놀란 나머지 혀가 꼬였다.

“저, 저를 아슈?”

“무슨 시시껄렁한 농담이야? 하지만 이렇게 구하러 와주다니. 역시 멀리 있는 킹카보다 부실하지만 가까이 있는 남자친구가 낫다는 말이 맞긴 맞나 봐.”

이 목소리는 어디서 많이 듣던 건데…, 어디서 들었더라.

이 말투는…

으헉—

“혹시, 말숙이?”

“당연하지. 나 말고 여자친구가 또 있기라도 한 거야?”

볼멘소리로 툴툴거리는 것이 분명 말숙이였다. 그렇지만, 말숙이의 모습은 종전과는 전혀 달랐다. 온몸에 두른 비단옷에, 화룡점정(畵龍點睛)처럼 찍힌 이마 위의 붉은 점, 그리고 기름을 발라 넘긴 검게 빛나는 머릿결. 말숙이 엄마도 몰라볼 만큼 놀라운 대변신이라고나 할까.

“마, 말숙이? 어떻게 된 거야? 사람이 어떻게 이렇게 180도로 달라질 수가 있지? 그동안 전신성형수술이라도 받은 거야?”

“훗― 내가 원래 예뻤잖아. 화장을 좀 했더니 원래 미모가 살아난 거지, 뭐.”

말도 안 되는 소리를 하는 거 보니까 말숙이가 맞긴 맞는 거 같은데 도무지 실감이 나지 않았다.

“아이 더워. 간만에 열을 냈더니….”

말숙이가 두께 2mm는 족히 넘게 바른 듯한 하얀색 화장을 마치 가면 벗듯 뜯어내 버리자, 주근깨 송송 박힌 원래 말숙이의 모습이 드러났다. 여자의 변신은 무죄라더니…. 아니 이건 변신이 아니라 변장, 아니 거의 둔갑 수준인걸.

“말숙이 너, 여기 중국엔… 어, 어쩐 일이야?”

“다 알면서. 날 구하러 와놓고 너 쑥스러워 그러는구나. 짜식~ 괜찮아, 우리 사이에 무슨. 이 먼 곳까지 구하러 와주다니 나 사실은 쪼금 감동받은 거 있지?”

‘어라? 이거 일이 묘하게 꼬이네.’

졸지에 말숙이를 구하러 온 셈이 된 노빈손은 그게 아니라고 자초지종을 설명할까 했지만, 그대로 내버려 두는 편이 더 나을 것 같다는 생각이 들었다. 실은 다른 사람인 줄 알고 반해서 쫓아왔다고 했다간 비 오는 날 먼지 나도록 맞게 될 테니까.

“그~럼, 너의 하나밖에 없는 남자친군데 널 구하러 오는 게 당연하지 않겠어? 근데 여긴 어떻게 오게 된 거야?”

얼굴에 바르는 최초의 화장분은 곡물 가루였다. 곡물을 물에 가라앉혀 부드럽게 만든 다음, 햇볕에 말려 분말로 만들어 여러 가지 향료를 섞어서 얼굴에 바르는 형태였다. 전국시대의 생일을 기록한 《전국책》에 정나라의 여성들은 얼굴에 분칠을 하고 눈썹을 그렸다는 내용이 있는 것으로 보아, 분을 바르는 역사는 매우 오래되었음을 알 수 있다.

"진시황의 신하 갈가리가 날 납치했어. 내가 중국 고대의 미인 양귀비를 닮았다나 어쨌다나. 진시황 이상형이 바로 나 같은 여자래. 참내 보는 눈은 있어가지고. 자장면을 시켜 먹다가 갑자기 정신을 잃었는데, 정신차려 보니 여기더라고. 그동안 도망치려고 몇 번 시도했는데, 번번히 실패했어. 이게 다 전족(纏足) 때문이야."

"전족?"

"그래, 이것 봐."

말숙이가 치마 끝을 들어올려 발을 드러냈다. 평소 말숙이의 발은 노빈손보다 커서 항공모함이라고 놀리곤 했었는데, 치마 밑으로 드러난 건 뜻밖에도 일곱 살짜리 조카가 신을 법한 신발이었다.

"신발이 그게 뭐야? 조카 신발이라도 뺏어 신은 거야?"

"멍청하긴. 이게 바로 전족이야. 진시황 부하들이 이걸 억지로 신겼는데 말야, 옛날 중국남자들은 발이 작은 여자를 좋아했대. 완전히 변태들 아니니? 얼마 전까지만 해도 이 불편한 전족을 평생 동안 신어서 발이 15cm밖에 안 되는 여자들도 있었다잖아. 실제로 전족을 신어 보니까 이건 순전히 여자들 괴롭히는 족쇄 같아. 발이 작아서 뒤뚱거리게 되니까 활동하기 얼마나 불편하다고. 뛰는 건 꿈도 못 꾼다니까. 발이 편해야 맘이 편하다더니 그 말이 꼭 맞지 뭐야. 자, 빨리 빠져나가자. 걸리면 나야 진시황의 총애를 받고 있어서 괜찮을지 몰라도 넌 생매장 감이니까. 뭐해? 어서 업지 않고."

살벌하게 말하는 걸 보니 말숙이가 확실함을 다시 한 번 깨닫게 되는 순간이다.

"근데 말숙아 혹시라도 말야. 밖으로 나가게 돼도 그 화장가면, 계속 하고 있으면 안 되니? 화장가면 쓰고 있으니까 너 같지 않은 게, 너무 예쁘다."

“뭐얏?”

곧바로 주먹이 날아올 줄 알고 질끈 눈을 감았는데 의외로 잠잠해 조심스럽게 눈을 뜨니 생글생글 웃고 있는 말숙이.

“명색이 내가 네 여자친군데 그 정도도 못 해 줄까 봐?”

“정말? 말숙아 이게 웬일이냐? 정말 그래 줄 수 있어?”

“그러~엄, 누구 부탁인데. 덤으로 전족까지 신어 줄게. 내가 말했던가? 전족 신으면서 한 번도 발 안 닦았다고. 내가 이걸 벗게 되면 무슨 사태가 벌어질지는 상상에 맡기겠어.”

“오, 노~ 제발. 잘못했어. 잘못했다구.”

노빈손과 말숙은 재빠르게 궁을 빠져나왔다.

도중에 몇 번이나 위험한 고비가 있었지만 말숙이가 심부름 가는 귀비의 시녀 행세를 해, 어렵사리 호위병들을 따돌릴 수 있었다.

“할아버지, 많이 기다리셨죠. 제 여자친구예요.”

“아니, 그새 귀비를 네 여자친구로 만들었냐? 오호~ 녀석, 생긴 것 같지 않게 능력 있네. 비결이 뭐야?”

말숙이는 특유의 친화력을 발휘해 사마구 할아버지에게 깍듯이 인사를 건넸다.

“안녕하세요, 전 말숙이랍니다.”

“말숙이? 귀비가 아니고?”

“그게 설명 하자면 길어요.”

당나라 여성들의 화장 순서
① 분을 바른 다음 볼에 다 식물의 즙에서 추출한 붉은색의 연지를 바른다. ② 석대라는 검은색 광물을 이용해 누에나방처럼 가늘고 긴 눈썹을 그린다. ③ 이마에 꽃무늬 같은 화전을 그려 넣는다. ④ 입술 양쪽으로 보조개를 진주알만한 크기로 콩콩 찍어 넣는다. ⑤ 관자놀이 양쪽에 반원 모양의 사홍을 그려 넣는다. ⑥ 마지막으로 입술에 동그랗게 포인트를 주는 입술연지를 찍는다.
이 정도면 화장이 아니라 정말 변장이지?

하지만 사마구 할아버지는 풀리지 않는 호기심에 눈을 반짝이며 노빈손의 대답만 기다리고 있었다.

"말숙이가 양귀비와 닮았다는 이유로 갈가린가 뭔가에게 납치당해 여기로 끌려왔대요."

"그래? 별로 길지도 않은 얘기네. 그러면 아까는 왜 여자친구라고 안 하고 귀비가 이상형이라면서 헤벌쭉대고 있었던 게냐?"

순간 말숙이의 눈이 양옆으로 쫘악— 찢어졌다.

"뭐야, 그럼 날 구하러 온 게 아니었어? 게다가 한눈까지 팔았다구?"

"그게 본판에서 워낙 많이 변해서리…."

말숙이의 두 눈은 금방이라도 레이저 빔을 발사해 노빈손을 녹여 버릴 듯했다. 이럴 땐 어서 화제를 다른 쪽으로 돌려야 살아남을 수 있다는 걸 경험으로 아는 빈손이었다.

"그게… 중요한 게 아니잖아. 일단 여기를 빠져나가는 게 급하다고. 험험, 할아버지 무슨 좋은 방법이 없을까요?"

"방법? 그렇지 않아도 말야, 내가 예전부터 국민건강을 위해 구상해 둔 사업이 하나 있었는데 이 기회에 그걸 해보는 게 어떨까? 진시황이 불로초라면 자다가도 벌떡 일어난다는 거 알고 있지? 그래서 말이야…."

1682년 혜성을 발견한 영국인 핼리는 이 혜성의 운행 궤도를 계산해 냈으며 자신의 이름을 따 '핼리혜성'이라 이름 붙였다. 세계 최초라고 알고 있는 서양인들의 핼리혜성의 발견은 그러나 중국보다 무려 2,000년이나 뒤늦은 것이었다. BC 467년, 주나라 시대의 문서에 이 혜성의 존재가 이미 기록되어 있었다.

복제인간 프로젝트

휴우—

저울을 앞에 두고 오늘 결재한 서류의 무게를 일일이 달아 보던 진시황은 피로를 느끼며 간신히 말했다.

"내 중국대륙을 통일한 후 도량형, 글자, 도로의 폭, 심지어 바퀴의 크기까지 통일했다. 이제 더 이상 통일할 것이 없으니 백성들이 쓰고 있는 밥그릇 크기, 젓가락 길이, 하다못해 통 안에 든 이쑤시개 개수까지 일제히 통일하도록 하라. 서둘러라, 시간이 별로 없다."

"예이— 황제 폐하."

진시황이 옥쇄를 찍어 칙서를 내밀자 환관 세시가 그것을 양손으로 받아들고 허둥지둥 달려나갔다.

몸이 점점 더 쇠약해짐을 느끼는 진시황은 그만큼 세상에 대한 일그러진 열망과 집착이 비대해져 가고 있었다. 좋다는 약을 수없이 먹긴 했지만 이제 몸은 세월의 무게를 견디지 못하고 조금씩 마모되어가는 건물처럼 조금씩 부서져 가기를 수천 년. 어서 빨리 새로운 몸을 찾지 못하면 이 세상과 영영 하직해야 할지도 모를 일이었다.

"갈가리 박사, 이제 눈도 침침해져서 잘 안 보여."

"황제 폐하께서 그동안 얼마나 격무에 시달리셨습니까? 지금까지 하루에 30kg의 서류를 저울에 달아가면서 밤낮을

사실 진시황은 대단한 인물이었다. 어린 나이에 왕이 되었음에도, 강력한 카리스마와 추진력으로 역사상 최초로 통일 국가를 실현시켰던 것이다. 진시황의 정력은 대단해서 하루에 1석(약 30kg)의 서류를 결재하지 않으면 잠을 자지 않을 정도였다고 한다. 모든 것에 완벽을 추구하는 진시황의 한 단면을 보는 듯하다.

가리지 않고 일일이 다 결재하셨으니, 눈이라고 성하겠습니까? 그래서— 제가 준비했습니다."

"내가 말야 세상에 두려운 게 거의 없는데 말이지, 딱 하나 자네가 뭘 준비했다는 말은 너무 두려워."

"이, 이번엔 다릅니다. 갈가리 일생의 회심작, 복제인간 프로젝트."

"오~ 복제인간. 느낌 좋은데. 계속해 봐."

"네, 이걸 보시죠."

갈가리가 내민 쟁반에는 붕어빵이 수북이 쌓여 있었다.

"이게 뭔가?"

"붕어빵이라는 겁니다. 밀가루 반죽을 틀에 붓고 그 속에 팥을 넣어 만든 빵인뎁쇼. 얼마나 고소하고 맛있는지 겨울에 먹으면 별미가 따로 없습니다. 이게 타이밍을 잘 맞춰 뒤집어 줘야 타지도 않고 골고루…."

"본론을 얘기해, 본론을."

"이 붕어빵들을 보십쇼. 모양이 하나같이 똑같지 않습니까? 여기서 천재적인 제 두뇌가 영감을 얻게 된 겁니다. 애들아, 들여보내라."

드르륵드르륵—

천에 가려진 수레가 들어왔다.

"이것이 바로 제 야망의 프로젝트, 일명 진시황 복제 기계입니다. 짠—"

일찍부터 상업이 발달한 중국의 사람들은 숫자에 밝았으며 주판을 일찍부터 발명해 사용했다. 주판은 고대 중국의 위대한 발명품 중 하나인데 초창기의 주판은 주판알이 위에 2알, 아래에 5알이었다. 명나라에 이르러서는 주산으로 더하기, 빼기, 곱하기, 나누기를 모두 할 수 있게 되어 중량, 수량, 면적, 체적 등을 계산할 때도 사용되었다.

가려진 천을 화악 들추자 붕어빵을 구울 때 쓰는 빵틀처럼 생긴 기계의 거대한 동체가 드러났다.

"이게 뭐야?"

"그러니까, 붕어빵 틀만 있으면 붕어빵을 몇십 개, 아니 반죽만 갖추어져 있다면 몇백 개도 만들 수 있습니다. 바로 그런 원리, 그 신비스런 원리를 적용해 만들었습니다. 이름하여 진시황 복제 빵틀! 꽈과과 광~ 느낌이 팍팍 오시지 않습니까? 자, 밀가루부터 시작해서 팥까지 모든 준비를 마쳤습니다. 이제 황제 폐하께서는 수십, 수백의 황제로 거듭 태어나게 되실 겁니다. 자, 어서 들어가 누우십시오."

끼이익―

갈가리가 특수 제작한 빵틀의 뚜껑을 열어 보였다.

"그러니까 내가 저 빵틀에 들어가면 밀가루를 붓고 팥을 넣어서 구우시겠다?"

"그렇죠. 역시 황제 폐하께선 이해가 빠르십니다. 이제 황제 폐하께서는 영원한 삶을 사실 수 있게 되는 겁니다."

"이런 붕어빵 옆구리에서 팥 쏟아지는 소릴 들어봤나. 나를 불에다 노릇노릇하게 굽겠다고? 그게 말이나 되는 소리야, 엉? 참나, 붕어빵이면 여름에는 상하기도 하겠네? 잘못 구우면 시꺼멓게 타는 거구? 그리고 나를 없애려는 자객들은 궁에 들어와 날 야금야금 먹어 버리면 되는 거냐? 엉?"

"그게 아직 연구가 그 단계까지는 미치지 못했습니다. 그

주름살 특효약(?)
영원히 살고자 했으나 결국 50세의 나이에 명을 달리하고 만 진시황. 그의 사망 원인은 그동안 그가 오래 살기 위해 찾아 먹은 각종 약들에 있다 하니 정말 아이러니컬하다. 진시황이 불로장생약이라고 철석같이 믿어, 먹고 얼굴에 바르기도 한 수은은, 소량 섭취시 일시적으로 피부가 팽팽해지는 효과가 있으나 결국 몸에 쌓여 아주 안 좋은 영향을 끼치는 액체 금속이다.

렇게 세밀한 부분까지는 제가 미처 생각을⋯."

"생각? 네가 생각을 하긴 하는 인간이냐? 어휴, 속 터져. 왜, 아예 복사기에다 대고 복사를 해서 복사인간을 만들라고 하지."

"그거 좋은 생각이십니다. 오~ 새로운 접근인데요. 제가 곧바로 연구에 착수해서⋯."

"연구 좋아하네. 붕어빵이 되고 싶으면 너나 해. 애들아, 이 녀석을 저 빵틀에 넣고 노릇노릇해질 때까지 구워 줘라."

갈가리 박사는 병사들에 의해 질질질 끌려나가면서 처절하게 절규했다.

"황제 폐하, 살려 주세요. 전 아직 구워질 준비가 안 됐습니다. 빵틀 사이즈도 안 맞는데요. 황제 폐하, 제발―."

동남동녀와 불로초

"황제 폐하―."

환관 세시가 염소 같은 목소리를 내며 종종걸음으로 들어오자 안 그래도 갈가리 때문에 기분이 상한 진시황의 미간이 더욱 일그러지며 얼굴 곳곳의 검버섯이 활짝 펴졌다.

"다 귀찮다. 이번엔 또 무슨 일이냐?"

"불로초를 구해 오겠다는 자가 황제 폐하를 뵙고 싶어합니다."

"불로초? 아니 그 귀하다는 걸. 어서 들라 해라."

문이 열리자 머리부터 발끝까지 흰옷으로 코디한 사마구 할아버지가 등장했다.

흰머리를 곱게 빗고 이마에 띠를 두르니 노빈손과 있을 때의 방정맞은 할아버지는 온데간데없고 신선이라고 해도 믿을 정도의 모습이었다.

"신은 고명한 학자 사마천(司馬遷)의 직계 후손, 사마구라고 합니다."

그러나 진시황은 어딘지 영 의심스러운 듯 시원찮은 눈길로 사마구 할아버지를 흘낏 쳐다볼 뿐이었다.

"그래, 네가 정말 불로초를 구해 올 수 있다고?"

"그러하옵니다, 황제 폐하. 폐하, 제가 몇 살로 보이십니까?"

진시황은 갑작스런 사마구 할아버지의 질문에 머리를 갸웃했다.

"제 나이 올해 꽃 같은 열여덟, 그것도 백하고도 열여덟 살이옵니다. 제가 이런 젊음을 유지할 수 있었던 것은 바닷속에 있는 삼신산에 다녀온 뒤부터입니다."

"아니 삼신산이라고 하면 전설 속에서나 등장하는 바닷속

중국의 성씨는 마(馬, 말), 우(牛, 소), 양(羊, 양), 용(龍, 용)과 같이 숭배하던 동물의 명칭을 성으로 삼거나 사마(司馬) 등과 같이 고대 관직이 후에 자손의 성이 된 경우도 있다. 또한 직업을 성으로 삼는 경우도 흔해 도자기를 만드는 사람은 '도(陶)'라는 성을 갖게 되었다. 현재 중국인이 사용하는 성은 약 3,500개 정도이며 이 중 이(李), 왕(王), 장(張) 등이 가장 흔한 성이라고 한다.

신선들이 사는 산 아니냐?"

"그러하옵니다. 제가 항해 중 풍랑을 만나 바다에 빠졌는데 운 좋게도 죽지 않고 삼신산에 가게 되었습죠. 그런데 때마침 천수를 누린다는 신선들이 그곳에 모여서 회식을 하고 있었습니다. 영원한 생명을 누리게 된다는 불로초를 먹으면서 말입니다. 저는 몰래 들어가서 불로초를 먹으려고 시도했습니다."

청산유수처럼 흘러가는 사마구 할아버지의 이야기에 푹 빠진 진시황은 다음 이야기를 재촉했다.

"그래서? 어떻게 되었느냐?"

"그런데 그만….'"

사마구 할아버지는 이쯤에서 말을 흐리며 시선을 45도 각도로 떨구었다. 그 모습에 진시황은 몸이 달아 채근하듯 물었다.

"그만 뭐? 그래서? 어서 얘기해 보거라, 어서."

"수영을 못하는 바람에 바닥에 떨어진 불로초 이파리 하나밖에 먹지 못하고 빠져나올 수밖에 없었지요."

"어허, 저런…."

"저를 보내주시면 불로초를 반드시 구해 와 천수를 누리게 해드리겠습니다."

"그래? 그럼 뭘 망설이느냐, 어서 다녀오지 않고."

"저도 그러고 싶습니다만 경비가 만만치 않아서…. 황제

폐하, 바다에 제물로 바칠 어린 소년, 소녀 수천 명이 탈 수 있는 배를 구해 주십시오. 그리고 신선들에게 뇌물로 바칠 각종 보물들로 배를 가득 채워 주십시오. 그 배를 타고 가서 한시바삐 불로초를 구해 오겠습니다."

순간 진시황의 표정이 뚱— 해졌다.

"잠깐, 내가 네 말을 어찌 믿겠느냐. 그동안 불로초를 구해 온다고 하고선 사기친 녀석이 어디 한둘이라야 말이지."

"그럼 믿지 마시든지요. 뭐 저를 위해서 간다는 것도 아니고 황제 폐하를 위해 다녀오겠다는 건데 별로 안 필요하시면 됐습니다. 어차피 산 넘고 물 건너 가는 게 저도 귀찮은 일입니다. 안 가면 니 손해지요, 제 손해입니까?"

말을 마친 사마구 할아버지는 뒤도 돌아보지 않고 성큼성큼 걸음을 옮겼다.

"잠깐, 의심해서 미안하다. 내가 얼마나 속고 살았으면 이러겠나. 정말 구할 수 있다면 그깟 돈이 문제겠나. 그럼 내 준비해 놓을 테니 조금만 기다리게. 여봐라, 게 아무도 없느냐?"

수은으로 만든 강

둥실—

거대한 배가 수은 강에 띄워졌다. 어린 소년과 소녀 수천 명이 쌍을 이뤄 배에 타고 배의 밑 부분이 각종 진귀한 보석들로 채워지자, 모든 항해 준비는 끝이 났다.

"할아버지, 빠져나갈 묘책이 이거였어요? 탈출한다고 아예 광고를 하지 그러세요."

"모르는 소리 마라. 등잔 밑이 어둡다고 설마 우리가 이걸 타고 백주대낮에 당당히 도망친다고야 생각하겠냐?"

"그럼, 저 아이들은 또 왜 저렇게 많이 데려온 거예요?"

"죄 없는 아이들까지 여기서 살게 할 순 없지 않겠어."

노빈손은 사마구 할아버지의 뜻밖의 마음 씀씀이에 놀랐다. 거기까지 생각이 미치진 못했는데.

"그럼 저 보석들은요?"

"아이들을 운송하는 수수료로 저 정도는 받아야 하지 않
겠냐?"

으휴, 그럼 그렇지.

"넌 어서 몸이나 숨기고 있거라. 내가 다 알아서 할 테니."

"황제 폐하, 이 몸은 그럼 삼신산으로 출발해서 불로초를 구
해 돌아오겠습니다."

사마구 할아버지를 배웅 나온 진시황은 출연 이래 처음으
로 온화한 표정을 짓고 있었다.

"그래, 자네만 믿고 있을 테니 속히 다녀오게나."

드르륵드르륵―

닻이 올라가자 구경하러 나온 많은 사람들이 손을 흔들었
다. 이때 갈가리 박사가 구르듯 달려와 진시황 앞에 엎어졌다.

"황제 폐하, 당장 저들을 멈추십쇼!"

"갈가리, 넌 또 왜 끼어들어? 웬만하면 가만 좀 있어. 손님
배웅하는 거 안 보여?"

"저들은 가짜입니다요."

"뭐야? 가짜라니 그게 무슨 소리야? 유명한 학자 사마천
의 후손이 설마 거짓말을 하겠어?"

"그게 아닙니다. 사마천이라 하면 《사기(史記)》를 지은 유
명한 역사가 아니겠습니까? 그런데 그는 전쟁에서 항복한 장
수 이릉의 편을 들어 궁형을 당한 인물이었습니다."

"궁형? 궁형이라면 고추를 따버리는 벌이 아니냐?"

"그렇습니다요. 말 그대로 자식이 아주 궁해지는 벌이죠. 나중에 환관 최고의 벼슬까지 지낸 그가 어찌 후손이 있을 수 있겠습니까?"

"그럼 저 녀석들이 다 가짜라는 거야?"

"그렇습니다. 게다가 저 노인이 만든 엉터리 약을 먹고 부작용이 생긴 사람들이 한둘이 아닐 뿐더러, 나인들에게 들으니 귀비가 사라졌다고 합니다요."

"뭐시라?"

어느새 강가엔 약물 오용으로 얼룩진 사람들이 몰려와 떠나려는 배를 손가락질하며 거세게 항의하고 있었다.

한편 배 안에 숨어 있던 말숙이가 돛이 올라가는 소리를 듣고 안심하고는 선상으로 올라왔다.

"이제 우린 여길 빠져나가게 되는 거야? 얏호, 신난다. 괴팍한 진시황아! 이걸로 빠이빠이다. 불로초 좋아하네. 금연초 먹고 담배나 끊으시지."

"조용히 해, 말숙아. 그러다가 진시황한테 들키겠어."

"뭐 어때, 제아무리 용가리 통뼈 진시황이라도 우리가 지금 출항하는데 별 수 있겠어?"

배 위에서 손을 흔드는 귀비와 이를 말리는 노빈손을 그제야 발견한 진시황.

"저 녀석은 이번에 뽑힌 호위병이잖아. 그럼 이 녀석들이 모두 한패란 얘기구만. 이런 빵틀에 넣고 바짝 태워 버릴 놈들 같으니라고. 여봐라, 당장 출항을 멈춰라. 배를 출항시킨 녀석들은 모두 요참(腰斬 : 허리를 자르는 형벌)을 시켜 주겠다. 뭐 하냐, 어서 배를 멈춰라."

육지의 분위기가 심상치 않자 노빈손은 당황했다.

"헉, 큰일났어요. 아무래도 들킨 것 같아요."

촤라라락—

갑판으로 고리가 달린 쇠사슬들이 마치 비 오듯 퍼부어졌다. 진시황의 지휘 아래 진나라 전 군대가 출항하려는 배를 마치 줄다리기 하듯 육지로 끌어당기고 있었다. 병사들은 모두 차력을 한 듯 어쩜 그리도 힘이 센지, 거대한 배는 거짓말처럼 땅 위로 슬슬 끌려오기 시작했다.

땅 위로 올라온 배

커다란 배 한 척이 땅 위에 덩그러니 올라와 있었다. 그리고 체포되어 차례로 꿇어앉은 세 사람에게 서릿발 같은 진시황의 분노가 떨어졌다.

"네 이놈들, 감히 나 진시황을 능멸하다니. 가만두지 않겠다. 그리고 귀비, 그동안 먹여 주고 재워 준 게 어딘데 감히 날 배신해? 황제는 곧 하늘, 나를 거스르는 건 하늘을 거스르

사마천 《사기》 제6권의 내용
진시황의 지하무덤은, 천장에 하늘의 별과 달의 천문도를 보석으로 재현했으며 온갖 세상의 진귀한 물건들이 가득 차 있으며 수은 강이 흐른다고 《사기》에 저술되어 있다. 실제로 그 지역의 수은 함량치가 다른 곳보다 월등히 높게 탐지되는 것으로 보아 이 책의 내용 대부분이 사실일 것이라고 학자들은 말한다. 하지만 진시황릉의 많은 부분이 여전히 베일에 싸여 있다.

는 거야. 하늘을 거스르고도 무사할 줄 알았더냐? 양귀비 닮았다고 잘해줬더니 뒤에서 다른 녀석을 만나? 고~얀 것—."

노빈손은 진시황의 화를 어떻게든 무마해 보려고 눈치를 보며 입을 열었다.

"그, 그게 아니라 말숙이는 원래 내 여자친구였…."

"시끄러. 어디서 말대답이야, 말대답이. 내가 소박하게 몇 천 년 좀 살아 보겠다는데 왜 다들 협조를 안 해 주는 거야? 어휴~ 성질나. 성질도 나는데 여봐라! 스트레스 쌓인다, 책이란 책은 다 불살라 버려라."

환관 세시는 고개를 조아리며 바들바들 떨었다.

"그, 그게 책은 전에 분서갱유 때 다 태웠는뎁쇼."

"그래? 근데 이것들이 작당을 했나, 꼬박꼬박 말대답이네. 태우라면 태울 것이지 말이 많아! 가서 밥이라도 태워! 그리고 저 녀석들을 산 채로 땅에 묻어 버럿!"

진시황의 서릿발 같은 명령에 세시는 더욱 몸 둘 바를 몰라 안절부절못했다.

"폐하, 하, 하도 사람을 많이 묻어서 더 이상 남은 땅이 없습니다요."

"그래서 내가 땅을 미리미리 사 두라고 그렇게 일렀건만. 하여간 맘에 드는 녀석이 하나도 없어요. 너, 특이하게 생긴 놈, 네가 탈출 주동자렷다. 호위병 선발시험을 빙자해 궁까지 숨어 들어온 걸 보면 어지간히 머리가 좋은 녀석인가 보

군. 게다가 내게 사기치려고 미리 할아버지까지 모시고 온
걸 보면 은근히 치밀한 녀석이야. 게다가 귀비도 한패였다
니…, 모조리 고얀 것들."

진시황의 말이 끝나자마자 말숙이가 눈물을 떨구며 빈혈
환자처럼 바닥에 쓰러져 흐느꼈다.

"흑흑— 폐하, 소녀는 억울하옵니다. 실은 호위병으로 가
장한 저자가 저를 납치한 겁니다. 생각해 보십시오, 연약한
저는 그의 협박에 못 이겨 억지로 배를 탈 수밖에 없었사옵
니다. 얼마나 무서웠다구요."

"그래? 그럼 그렇지, 귀비도 눈이 있는데 저런 녀석을 좋
아할 리가 없지. 아리따운 귀비에게 협박까지 했다고? 이런
무지막지한 놈. 내 이것들을 꼭 생매장시켜 버리고 말리라.
여봐라, 이 녀석들이 죽어서도 괴로워하도록 수맥이 가장 많
이 흐르는 땅을 찾아라!"

설상가상, 엎친 데 덮친 격으로 수맥이 흐르는 땅에 생매
장당하게 되다니…. 생매장. 가만, 그러고 보니 파자점의 마
지막 글자가 '달릴 주(走)', 이걸 나눠 보면 흙 토(土)에 아래
하(下), 사람 인(人), 즉 흙 아래 사람이 깔린다는 뜻이니
까…. 맙소사 내가 생매장당한다는 의미였던 건가? 노빈손은
충격에 척추를 잃은 동물처럼 흐느적거렸다.

진시황이 흥분해서 길길이 날뛰는 사이, 말숙이 노빈손에
게 귓속말을 건넸다.

진시황은 자신에 대해
안 좋은 비판을 하거나
진나라 고유의 것이 아
닌 것은 모두 싫어했다.
진시황이 특히 미워한
대상은 주로 자신을 비
방한다고 생각한 유생
들이었다. 그래서 결국
진시황은 전국의 460여
명이나 되는 유생들을
붙잡아 구덩이를 파고
생매장해 버렸다. 이것
이 바로 유명한 갱유사
건이다.

"빈손아, 잠깐만 눈 좀 감아 봐."

"됐어. 지금 다 죽게 생겼는데 뽀뽀가 다 무슨 소용이야?"

"으유, 누가 뽀뽀한데? 김칫국부터 마시긴. 어서 눈 감아. 어쭈 맞고 감을래, 그냥 감을래?"

노빈손이 체념한 듯 눈을 감자 말숙이가 갑자기 툭— 밀쳤다.

데굴데굴~

노빈손은 길옆으로 난 낭떠러지 아래로 구르기 시작했다. 놀이공원에서 빙글빙글 도는 롤러코스터를 탄 것처럼 정신이 하나도 없었다.

"저, 저— 녀석이 도망간다. 녀석을 잡아라!"

진시황이 병사들에게 노빈손을 잡을 것을 명했지만 낭떠러지를 굴러가는 도망자를 잡기란 쉬운 일이 아니었다.

"저 미꾸라지 같은 녀석. 지가 무슨 설탕 위를 구르는 찹쌀도넛쯤 된다고 생각하나 보군. 여봐라, 이 근처를 샅샅이 뒤져서라도 반드시 찾아내도록 해라."

길길이 날뛰며 맹수처럼 으르렁거리던 진시황은 말숙이를 보자 순식간에 온화해졌다. 변덕은—.

"귀비, 피곤했을 텐데 들어가 쉬시오. 그리고 걱정 마시오. 귀비를 괴롭힌 저 녀석들은 내가 시황제의 이름 석 자를 걸고 확실히 손을 볼 테니. 여봐라, 저기 저 괘씸한 영감은 별도 달도 모르는 곳에 꽁꽁 가둬라. 그리고 햇빛 하나, 물 한 모금 들여보내지 마라."

"이눔들아, 니들은 애비, 어미도 없냐? 쿨럭쿨럭. 이거 봐라, 봐."

말숙이는 노빈손이 떨어진 곳을 내려다보며 마음속으로 간절히 기원했다.

'빈손아, 제발 무사하렴.'

병법의 초절정 비책
— 삼십육계(三十六計)

중국 춘추시대의 병법서인 《손자병법》에서 손무는 36가지의 계책을 소개하면서 전쟁에서 어떻게 대응해야 할지를 제시한다. 그가 당시 제안한 많은 병법들은 지금까지도 널리 활용되고 있다. 그가 기술한 병법 중 마지막 36번째 비책은 바로 '줄행랑.' 다시 말해 승리할 가망이 없으면 재빨리 도망가는 것이 가장 좋다는 얘기다. 이건 노빈손이 가장 자신 있어 하고 또 즐겨 이용하는 항목이기도 하다.

중국 맛 한번 볼래?
자장면 맛보다 좋지, 물론!

화약, 나침반, 종이, 활판 인쇄술

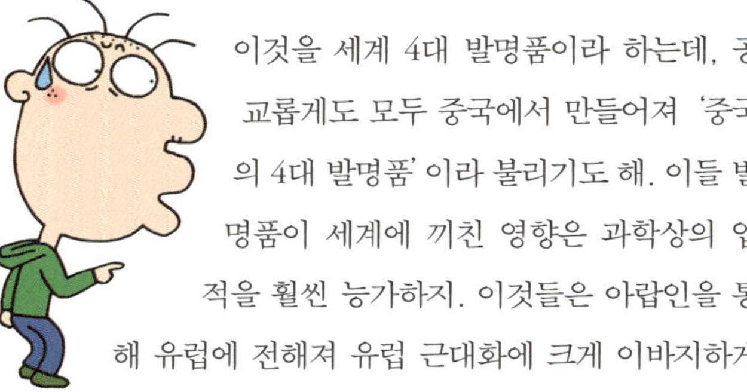

이것을 세계 4대 발명품이라 하는데, 공교롭게도 모두 중국에서 만들어져 '중국의 4대 발명품'이라 불리기도 해. 이들 발명품이 세계에 끼친 영향은 과학상의 업적을 훨씬 능가하지. 이것들은 아랍인을 통해 유럽에 전해져 유럽 근대화에 크게 이바지하게 돼. 우선 인쇄술과 종이는 귀족과 승려 등 일부 계층에만 독점되었던 학문을 일반 사람들에게 개방하는 계기가 되었어. 그리고 화약을 사용한 총이나 대포의 출현은 칼을 휘두르던 종래의 전쟁 방식을 변화시켰을 뿐 아니라 전쟁을 전업으로 하는 기사를 실업자로 만들어 버렸지 뭐야.

또 나침반을 이용해 항해함으로써 원거리 항해가 가능해졌구. 콜럼버스의 아메리카 대륙의 발견도 나침반이 없었다면 어림없는 일이었겠지? 그러니 중국사람들, 어깨에 잔뜩 힘 줄 만하지?

기록의 역사를 바꾼 종이

종이가 발명되기 이전의 옛 사람들은 기록을 남기기 위해 돌, 구리판, 짐승뼈, 심지어 동물의 가죽까지 다양한 물건들을 이용했어. 점토판을 이용해 글씨를 새겨 넣기도 하고, 중

먹을 가는 문방구인 벼루.
'간다'는 뜻에서 '硏(연)'이
라고 한다.

국에서는 얇게 만든 대나무에 칼로 글씨를 새겨 넣기도 했지. 또 이집트에서는 파피루스를 이용해 기록했고 중동 지방에서는 양피지를 사용했어.

하지만 이것은 아주 불편하기 그지없었지.

후한의 채륜(蔡倫)이 나무껍질, 천 어망을 이용해 종이를 만들었는데 이것은 종래의 것들과 비교할 수 없을 만큼 편리하고 또 엄청난 문서의 양을 줄일 수 있었어. 순식간에 세계 각지로 퍼졌고 오늘날의 종이로 발전하게 돼.

근래에는 채륜 이전의 종이가 발견되어 그가 제지술의 발명자라는 사실에 이의를 제기하는 사람도 있지만, 어쨌든 그의 설계와 지도 아래 만들어진 종이는 당시 황제를 비롯한 많은 사람들의 환영을 받기에 충분했어.

문인들이 서재에서 쓰는, 문방사우 중 하나인 붓

더 많은 지식인들의 탄생, 활판 인쇄술

채륜이 만든 종이는 빠른 속도로 퍼져 나갔고 그 후 더 나은 종이를 만들기 위한 많은 노력이 계속 이루어져 다양한 종이가 만들어졌어.

당나라 시인들이 만든 책은 7세기 말까지만 해도 같은 크기의 종이를 연결시켜 만든 두루마리가 고작이었어. 처음에는 시인들이 직접 글을 쓰다가 뒤에는 글쓰기를 직업으로 하는 사람들이 맡아서 썼지. 하지만 한꺼번에 많은 양을 기록해 낼 수는 없었어. 그리하여 많은 양을 기록하기 위해 인쇄술을 발명하게 되었지.

역시 발명은 필요에 의해서인 것 같지?

나무판에 글자나 그림을 반대로 새긴 후 먹을 칠해 종이 위에 찍어 내는 목판 인쇄술을 거쳐, 글자 한 자씩 따로 새겨 놓은 다음 새겨 놓은 글자를 철판 위에 순서대로 배열한 활판 인쇄술까지, 중국의 인쇄술은 거듭 발전을 하게 돼.

그리고 이렇게 편리한 기술이 유럽으로 빠르게 확산되어 간 건 당연한 일이겠지?

미지의 세계를 향한 욕망, 나침반

최초의 나침반은 기원전 200년 초에 중국에서 사용되었어. 좀더 자세히 말하면, 천연자석 금속을 붙인 숟가락을 사용해 미래를 점치던 당시 중국 점술가들의 도구에서 비롯됐지. 자석을 붙인 숟가락의 손잡이는 항상 남쪽을 가리켰고, 이 기능을 단지 예언만이 아니라 항해에도 사용할 수 있다고 누군가 깨달은 순간, 바로 나침반이 탄생하게 된 거야.

이 숟가락은 별자리와 동서남북이 표시된 나무판 위에 놓여졌는데, 8세기경이 되자 자석화된 바늘로 대체되어 오늘날과 비슷한 모양을 갖추게 되었어. 숟가락 놓고 항해하는 배라니 생각만 해도 우습지?

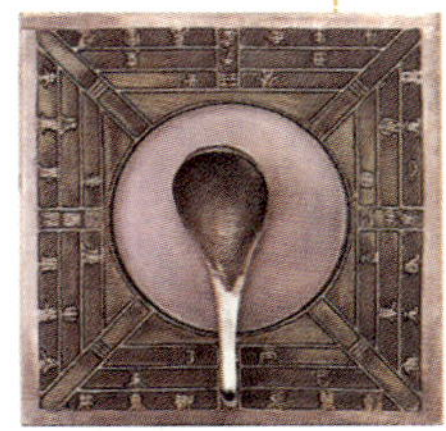

숟가락을 이용한 나침반

이 나침반이 12세기에 서유럽에 도입되자, 무작정 태양을 쫓아다니고만 있던 당시의 서양 항해술에 큰 변화를 가져오게 돼. 흐린 날에도 방향을 잃어버릴 걱정이 사라졌을 테니까. 나침반이 없었더라면 미지의 세계를 탐험하고자 하는 인간의 끝없는 욕망은 지금까지 좌절을 겪었을지도 몰라.

나침반

매혹적이지만 위험한 불, 화약

서양에 화약의 존재가 알려진 건 12세기 말이야. 그 무렵의 중국인은 이미 많은 단계를 거쳐 화약을 발명했고, 총과 포까지 완성하기에 이르러. 화약과 그 이용법에 대해 유럽은 들어 본 적도 없는 동안에 말이지.

중국에서 화약은 강력한 무기나 폭발물을 찾던 사람이 아니라 영원히 죽지 않는 약을 연구하던 연금술사에 의해 발명되었어. 영원한 생명을 누리고 싶다는 소망을 가진 사람들이, 생명의 약 대신 수백만 명의 목숨을 앗아갈 화약을 발명했다는 사실은 정말 아이러니컬하지?

화약의 발명은 무기의 발전에 획기적인 기여를 했어. 갑옷을 입고 긴 칼을 휘두르던 기사들이 단 한 방의 탄환을 맞고 말에서 떨어졌고, 많은 사람들이 쉽게 목숨을 잃게 되었지. 화약의 발명으로 세계의 전쟁 역사가 바뀌기 시작한 거야.

깨어진 액자, 되살아난 한자

픽—

낭떠러지에서 추락하는 소리치고는 효과음이 어째 영 안 맞는다 싶더니, 노빈손이 떨어진 곳은 묵은 퇴비를 쌓아 두는 곳이었다. 덕분에 특별히 외상을 입지는 않았지만 고약한 냄새는 주부습진이 걸리도록 목욕을 해도 가시지 않을 것 같았다.

"읍, 지독한 냄새. 그나저나 어떡하면 좋지? 진시황 손아귀에서 말숙이랑 할아버지를 구해 내야 할 텐데…."

간신히 퇴비더미에서 기어 나와 사태수습을 한 후 숨을 돌리고 있자니 지나가는 아낙네들의 수런거리는 소리가 들려왔다.

"그 소문 들었어? 왜 있잖아, 얼마 전에 불로초를 구해 오겠다고 거짓말했다가 잡힌 그 노인 얘기 말이야."

"데리고 있던 원숭이도 가뒀다면서? 게다가 한 녀석이 간도 크지 벼랑에서 번지점프해 탈출했다나 뭐라나."

"그래? 그래서 진시황이 더 열받은 거구나. 으유~ 그 괴팍한 성격을 누가 말려."

원숭이를 가진 노인이라면…, 사마구 할아버지를 말하는 거잖아?

노빈손은 좀더 정보를 얻기 위해 사람들의 대화에 은근슬

124

포권지례(抱券之禮)

두 손을 맞잡고 읍(揖)하는 중국 인사법 포권지례. 시대마다 약간씩 형태의 차이가 있지만, 곧게 편 왼손바닥을 오른주먹에 붙여 앞으로 내미는 형태는 청 왕조 초에 퍼진 것이다. 이민족에게 나라를 빼앗긴 명나라의 유신들이 반청복명(反淸復明, 청를 물리치고 명을 재건하자)을 외치며, 오른손은 주먹을 쥐어 태양을, 왼손은 이를 감싸 안아 달을 상징하는 의미로 둘을 합쳐 '밝을 명(明)' 자를 나타내는 인사법을 만들었다고 한다.

찍 끼어들었다.

"에이, 아무리 진시황이라고 해도 나이 든 할아버진데 봐 주지 않겠어요?"

"지금 농담하우? 진시황이 어떤 사람인데 봐줘? 나이 든 사람이든 젊은 사람이든 한 번 진시황 눈 밖에 나면 무사하지 못한다고."

말숙아, 할아버지, 오공아, 이걸 어쩌면 좋으니.

"그럼 그 사람들을 구할 수 있는 방법은 정녕 없는 건가요?"

"이 청년 정말 소문에 어둡네. 저기 저 성벽에 걸린 글자 보이지? 사람 인(人), 나무 목(木), 벼 화(禾), 돼지 축(豕). 저 한자들이 의미하는 게 진시황이 그 노인을 가둔 곳이라나 봐. 한자의 의미를 풀어 구할 테면 구해 보라는 거지. 하지만 저 알쏭달쏭한 걸 누가 풀겠냔 말야."

人　木　禾　豕

노빈손은 눈을 비비며 성벽에 걸린 네 글자를 뚫어져라 쳐다보았다. 저걸 풀어야 할아버지랑 오공이를 구할 수 있다고?

도대체 저 네 글자가 뭘 의미하는 거지? 그동안 한자(漢字)라면 한 자도 공부하지 않은 것에 대한 후회가 일었지만, 후회만 하고 있기에는 너무나 시간이 없었다.

노빈손은 저만치서 유유히 흘러가는 강물을 바라봤다. 수

요즘 사람들이 자기 집 인테리어에 신경 쓰듯이, 역대 중국의 제왕들은 무덤 인테리어 하나도 허술히 넘어가지 않았다. 완벽주의자였던 진시황 역시 자신의 무덤 바닥재에 꼼꼼하게 신경을 썼다. 진시황릉의 바닥에는 중국 지도가 돌에 새겨져 있는데, 중국을 흐르는 100개의 강을 정밀하게 그려 넣고 수은으로 채운 후 기계장치를 이용해 실제의 강물처럼 흐르게 했다고 한다.

은이 만병통치약인 줄 알고 상습 복용했던 진시황은 수은으로 강까지 만들어 놓았다. 수은으로 만든 강은 말만 들어도 끔찍한 환경오염 덩어리이지만, 저기 흐르는 강의 모습은 그 말이 무색하리만치 아름다워 보였다.

그나저나 모래 위에 글자 네 개를 써 놓고 아무리 생각을 해봐도 모를 일이었다.

도대체 저 한자들은 무슨 의미일까? 낱말 맞추기? 숨은그림찾기? 하나님, 부처님, 공자님, 그것이 알고 싶다고요~.

절규도 해봤지만 그렇다고 답이 하늘에서 똑— 떨어지기는 영 요원해 보였다.

"하늘도 무심하시지, 왜 저를 시험에 들게 하시냐고요~."

운명을 탓하며 발버둥 치고 뒹굴기도 하는 등 오두방정을 떠는 바람에 등에 매달려 있던 배낭 안의 짐들이 그만 와르르 쏟아져 내렸다. 그 통에 할아버지가 맡긴 가훈 액자가 바닥에 쏟아져 다른 물건들과 부딪쳐 깨지고 말았다.

"헉, 할아버지가 이걸 아시면 최소한 사망인데, 어떻게 하지?"

뒤늦게 뒷수습을 해보려 했지만, 강력 접착제로도 어림없을 만큼 심하게 유리가 깨져 겨우 액자 테두리만 남아 있는 꼴이었다.

"글자 위에 액자 테두리가 떨어졌네. 어? 가만, 이게 뭐야? 이거 무슨 다른 글자 같잖아. 어디 글자들마다 액자 테두

황하 강의 물이 원래부터 황색이었던 것은 아니다. 발원지에서의 황하는 그 이름에 걸맞지 않게 거울처럼 맑고 깨끗하다. 그러나 중류에 와서 황토고원을 지나게 되고 또 지류인 심하 등이 대량의 모래를 안고 황하로 흘러들면서 황하의 물빛이 누렇게 변하는 것이다.

리를 한번 씌워 볼까?"

틀만 남은 액자를 들어 글자 하나하나에 대보니 한자들은 아까와는 전혀 다른 글자가 되었다.

어라, 이것도 무슨 글자가 아닐까?

囚 困 困 圂

노빈손은 근처에 글을 알 만한 사람이 있나 두리번거렸다.

"진나라 시대는 종이를 발명하기 전이라 대나무를 얇게 썰어 종이 대신 썼다고 했지? 아, 저기 있다."

마침 옆구리에 죽간을 차고 대나무에 글씨를 새길 때 쓰는 칼, 그리고 글자가 틀렸을 때 긁어내는 작은 칼과 숫돌을 노리개처럼 찬 사람이 눈에 띄었다. 저 사람은 분명 이 한자들을 읽을 수 있을 거야.

"저기, 제가 한자를 한 자도 몰라서 그러는데… 이게 도대체 무슨 글자예요?"

"쯧쯧, 넌 천자문도 안 배웠냐? 이건 죄수 수(囚), 갇힐 곤(困), 곡물창고 균(困), 돼지우리 환(圂) 자가 아니냐. 공부 좀 해라, 이 녀석아."

"… 바로 그거야!"

노빈손은 무릎을 치며 벌떡 일어섰다.

"아이고, 깜짝이야."

언어학자들은 외국인이 배우기에 가장 어려운 세 언어로 아랍어, 러시아어 그리고 마지막으로 중국어를 꼽는다. 현재까지 세계 각국의 사람들이 사용한 언어는 5,651종이며 그 중 1,400종의 언어가 이미 자취를 감추었다. 현존하는 언어 중 세상에서 가장 많은 사람들이 사용하는 언어는 중국어이다.

"죄수들은 곡물창고와 돼지우리에 갇혀 있다(囚困困圂). 그래, 그거야, 그거라구! 아저씨, 곡물창고와 돼지우리가 같이 있는 곳이 어디 있나요?"

노빈손은 뛰는 듯 나는 듯 할아버지와 오공이를 찾아 먼지 나도록 달리기 시작했다. 파자점의 마지막 글자 주(走)는 생매장당한다는 게 아니라 말 그대로 달린다는 뜻이었나 보다.

운명아 기다려라, 여기 노빈손이 간다!

벽 속에서 나온 혈서

노빈손은 성벽에 걸린 한자에서 얻은 힌트대로 궁 내부에 있는 곡물창고 겸 돼지우리로 숨어들어 갔다. 제발 이곳에 사마구 할아버지가 계셔야 할 텐데. 빈손은 홉— 숨을 고르고 문을 힘껏 열어 젖혔다.

"할아버지, 할아버지 여기 계세요? 오공아, 손오공—."

그때 돼지 떼의 울음소리 속에서 할아버지의 목소리가 들렸다.

"왜 소리를 지르고 그래? 나 아직 귀 안 먹었다."

우글거리는 돼지들을 한쪽으로 몰자 할아버지와 오공이의 모습이 나타났다.

"얼마나 걱정을 했다구요, 괜찮으세요? 어디 다치지는 않

시황제는 12만 호의 부호를 전국에서 강제 이주시키고 70만 명의 죄수를 동원하여 아방궁과 자신의 무덤을 건조시켰다. 동서로 700m, 남북 약 120m에 이르는 2층 건물의 아방궁은 무려 1만 명의 인원을 수용할 수 있도록 지어진 화려한 궁전이다.

으셨구요? 오공아 너도 무사하니?"

"당연히 무사하지."

그러고 보니 창고 안은 침대에 소형 TV까지 없는 게 없었다.

"죄수들은 자기 키만한 형틀을 족쇄처럼 목에 찬다고 들었
는데 형틀도 안 차고, 게다가 이 물건들은 다 뭐예요?"

"내가 일전에 잠깐 만능키 장사를 하지 않았겠냐. 만능키
하나면 형틀 정도야 간단히 풀리더구먼. 그리고 이 짐들이
야, 봇짐 속에서 꺼낸 물건들이고. 이곳저곳 돌아다니는 떠
돌이 약장수가 이 정도는 필수품 아니겠냐?"

아닌 게 아니라 휴대용 라디오부터 수저까지, 할아버지의
조그만 괴나리봇짐 속에는 그야말로 없는 게 없었다.

"어쨌든 살아계셔서 다행이에요. 할아버지, 서둘러 짐 싸세요. 이제 말숙이를 구하러 가야죠."

사마구 할아버지는 노빈손의 눈치를 살피더니 우물거리며 말했다.

"말숙이라면 그 양귀비 닮은 처자 말이냐? 그냥 두고 우리만 빠져나가는 게 어떠냐? 저번에 보니 그 처자는 진시황도 어쩌지 못할 성격이던데."

"할아버지, 그걸 말씀이라고 하세요? 말숙이를 그냥 뒀다간 진시황이 위험해진다구요. 흠흠, 그게 아니지. 명색이 노빈손 여자친군데 당연히 제가 구해야죠. 말숙이도 알고 보면 얼마나 여린 앤데요."

노빈손의 말에 사마구 할아버지와 오공이가 동시에 팽—콧방귀를 뀌었다.

"여린 사람 다 죽었다더냐. 어쨌든 난 궁으로 다시 돌아가기 싫다. 내가 말야, 진시황인지 뭔지 하는 그 어린 것이 나한테 한 짓을 생각하면…."

"어리지 않아요. 진시황이 할아버지보다 이천 살은 더 많을 걸요."

"어쨌든, 눈을 동그랗게 뜨고 날 가두던 걸 생각하면 괘씸해서 자다가도 이가 갈려. 진시황에게 갈 거면 난 같이 안 간다."

사마구 할아버지는 진시황에게 당한 게 몹시 분한지 주저앉아 움직일 생각을 하지 않았다.

"할아버지께서 안 가시면… 저야 편하죠. 그럼 저 먼저 가 볼게요."

예상치 못한 노빈손의 반응에 할아버지는 당황했다.

"뭐야? 고얀 녀석, 혼자 가긴 어딜 가. 네 이놈, 내가 그렇게 귀찮더냐?"

사마구 할아버지가 홧김에 집어던진 지팡이는 둔탁한 소리를 내며 흙벽에 부딪쳤다. 지팡이에 맞은 벽은 흔들리는가 싶더니 곧 요란스럽게 와르르 무너져 내렸다.

"내, 내가 힘이 이렇게 좋았나?"

부옇게 피어오르던 흙먼지가 가라앉자, 부서진 벽 틈으로 낡은 죽간이 얼핏 보였다.

"오, 이것 봐. 아마도 진시황의 분서갱유 때 유생들이 책을 지키기 위해 벽에다 숨겨 놓은 게 분명해. 어디 보자, 인장으로 봉해진 걸 보면 오래된 금서란 얘긴데… 그렇담 이거 국보급 문화재 아냐? 로또가 따로 없다, 인생역전이다 역전!"

"이, 이것 좀 보세요."

죽간을 펼치자 피로 쓴 글자가 나타났다.

오호 통재라, 수백 년간 계속된 진시황의 폭정으로 나라 안 백성은 도탄에 빠졌다.

중국에서 가장 큰 용의 여의주만이 어지러운 난세를 구하리니, 가장 작은 것이 가장 큰 것을 이기리라.

"명문장처럼 보여요. 누구 시예요? 두보(杜甫)? 이백(李白)?"

"네 눈엔 이게 평범한 시로 보이냐? 혈서다, 혈서. 게다가 이 내용대로라면 진시황을 막기 위해서는 중국에서 가장 큰 용의 여의주를 찾아야 한다는데?"

"요, 용의 여의주요?"

"사실 막말로 1대 1로 그냥 붙으면 진시황에게 넌 상대가 안 되지만 여기서 지시하는 방법대로 하면 길이 열릴지 누가 아냐? 그렇게 되면 네 여자친구도 저절로 구할 수 있을 테고. 하지만 쉽지는 않을 듯싶다."

"알아요. 하지만 그래도 가야죠. 말숙이를 구할 수 있는 유일한 방법인데요."

노빈손의 강한 어조에 결국 할아버지도 못 이기는 척 일어나 떠날 채비를 서둘렀다.

"비실비실한 녀석인 줄 알았는데 이렇게 강단 있게 구는 걸 보면 너도 꽤 쓸모 있는 녀석일지도 모르겠다. 좋다, 인심 크게 쓴다. 나도 같이 가 주마."

"고마워요, 할아버지. 먼저 용의 여의주인지 뭔지를 구하기 위해 이 지하궁부터 빠져나가자구요."

"그래, 어제 병사들이 요 근래 갑자기 말라 버린 우물이 이 근처에 있다고 얘길 하는 걸 들었다. 왜, 진시황의 병마용갱이 발견되기 전에도 근처 우물들이 순식간에 말라 버린 일이

당나라의 쟁쟁한 시인들
당나라는 중국 고전 시가의 전성시대로, 300년 동안 유명한 시인들과 작품들이 많이 등장했다. 그 가운데 오늘날까지 약 5만 수의 시와 2,300여 명의 시인의 이름이 전해지며 그 대표격으로 시선(詩仙)으로 일컬어지는 이백과 시성(詩聖)으로 불리는 두보가 제일 유명하다.

있었잖냐. 우물 밑에 병마용들이 있어서 지하수가 고이지 못했던 거였지."

"말라 버린 우물과 병마용이라…. 그래, 그거예요! 어쩌면 그 우물이 이 지하세계를 나가는 비밀통로일지도 몰라요. 밑져야 본전이니까 한번 뛰어들어 보자구요."

꺄끽 꺄끽끼이―

"뛰어들어 보자고? 어, 오공이는 안 간단다. 그리고 나도 안가, 아니 못 가. 밑지는 비즈니스는 안 하는 게 상책이지, 암―."

"정말 이러실 거예요?"

티격태격하는 중에 어느새 도착한 우물.

샤방―

노빈손은 날개옷을 되찾아 하늘나라로 돌아가는 선녀처럼 사마구 할아버지와 오공이를 양팔에 끼고 가볍게 우물 속으로 뛰어들었다.

으아아아악 꺄꺅까까―

할아버지와 오공의 비명소리는 곧 그쳤지만, 생각보다 깊은 우물인지 그들이 바닥에 떨어지는 소리는 한참이 지나도 들리지 않았다.

신선놀음 바둑
바둑은 중국이 시초인데, 장기보다도 역사가 더 오래되었다. 고대 중국에서는 왕, 귀족, 학자, 관리, 문인, 학식 있는 여성 등이 모두 바둑을 두었으며 오직 신선만이 즐길 수 있는 놀이라 하면서 치켜세웠다. 바둑은 수나라 때 고구려로 전해졌으며 19세기에는 유럽으로도 전해졌다. 중국에서 처음 시작했지만 지금 세계 바둑계를 휩쓰는 바둑 기사들은 대부분 우리나라 사람들이다.

담을 넘은 부처님

기울어가는 해를 보내는 하늘의 안타까움이 서쪽 하늘을 붉게 물들이고 있었다. 아름답게 타들어가던 하늘이 검은 옷으로 갈아입기 시작할 때쯤, 멀리 보이는 숭산 소림사의 굴뚝에도 흰 연기가 피어올랐다.

헉헉—

깊게 패인 숭산의 골짜기를 올라오는 청년의 얼굴에 땀이 비 오듯 했다. 숨이 턱까지 차오르는 것을 참아가며 무거운 발걸음을 옮기던 청년은, 잠시 쉬어가기 위해 길가의 편편한 돌 위에 걸터앉아 어깨에 짊어졌던 짐을 내동댕이치듯 내려놓았다.

"소림사가 이렇게 먼 줄 알았으면 가까운 다른 절로 가는 건데…. 하지만 다른 절은 영 폼이 안 난단 말이야. 소림사 주방장, 어쩐지 폼나잖아. 핫, 핫, 핫—."

산적처럼 텁수룩한 수염에 몸집이 산만한 청년은 앞으로 소림사에서 펼쳐질 날들에 대한 기대감에 숭산 산꼭대기까지 단번에 뛰어오를 수 있을 것만 같았다. 물론 생각뿐이었지만.

"아, 갈증난다. 저기 우물에서 목이나 축이고 가야지."

두레박을 우물에다 힘껏 던져 놓고 끌어올리는 청년.

"끼잉끼잉~ 두레박이 왜 이렇게 무겁지? 이거 우물이 통째로 올라오기라도 하는 건가? 낑―."

두레박이 올라오면서 요란하게 삐걱거리는 소리를 냈다.

"끙, 목욕하는 선녀라도 딸려 오는 거야 뭐야? 누가 이기나 해보자고, 내 기필코 이 물을 마시고 말리라."

잔뜩 힘을 준 탓에 청년의 얼굴이 시뻘겋게 달아올랐다.

드디어 두레박을 다 올렸는데,

"꺄아악～."

청년은 바닥에 털썩 주저앉아 뒷걸음질을 쳤다. 두레박에는 있어야 할 시원한 우물물 대신, 머리털이 듬성듬성 나 있는 흙투성이의 노빈손이 담겨 있었던 것이다.

"누, 누구냐?"

"보면 몰라요, 사람이지. 이왕 우물에서 꺼내 주신 거 두레박에서도 좀 꺼내 주세요. 아무래도 엉덩이가 끼었나 봐요."

청년은 우물에서 홀연히, 그것도 두레박을 타고 올라온 노빈손이 너무도 황당했다.

"아니, 우물물을 오염시켜도 유분수지. 네가 거기에 왜 들어앉아 있냐?"

"누군 들어가고 싶어서 들어갔냐고요. 아참, 제가 우물 안에 할아버지를 두고 왔거든요. 할아버지도 좀…."

"뭐? 우물에 온 가족이 모여 살기라도 하는 거야?"

청년이 두레박을 내렸다가 끌어올리자 이번에는 두레박에 할아버지가 다소곳이 담겨 있었다.

소림사(少林寺)의 기원
숭산 소실봉 중턱에 위치. 절이 창건된 것은 북위 태화 20년(서기 496년)으로 약 1,500년 전이다. 인도의 고승들이 중국땅에 불법을 전파하기 위해 수도인 낙양에 왔을 때 북위 6대 황제 효문제가 그들을 받들어 가르침을 청했다. 그리고 그 답례로 풍광이 아름답고 주위가 고요한 터를 잡아 소림사를 창건케 한 것으로 전해진다.

"뭘 그렇게 멀뚱멀뚱 쳐다봐. 나 좀 빼내다오."

"네? 네."

청년이 응차— 힘을 써 할아버지를 무사히 빼냈다. 사마구 할아버지는 두레박에서 나오자마자 노빈손에게 꿀밤을 주었다.

"요 녀석, 소똥에도 계단이 있고 똥물에도 파도가 있다는 것도 모르냐, 이눔아."

"그, 그게 무슨 말씀이세요?"

영문도 모르고 꿀밤을 맞은 노빈손은 억울해서 되물었다.

"찬물도 위아래가 있다는 말이지. 연장자인 나를 먼저 두레박에 태웠어야지, 네가 먼저 올라가? 버르장머리 없는 놈

같으니."

"할아버지도 참, 아까는 위에 위험한 게 있을지도 모르니까 저 먼저 올라가라고 하셨잖아요. 맨날 인간 마루타 취급하시면서."

난데없이 두레박을 타고 등장하더니 올라오자마자 티격태격하는 두 사람. 청년은 그저 황당할 따름이었다.

"아참—."

할아버지는 그제야 생각이 난 듯 아직까지 두레박 안에 있던 오공이를 꺼내 양손으로 걸레 짜듯 쭉 짰다. 이 광경을 지켜보는 청년의 눈이 두레박만해졌다.

"세상에 애완동물까지…. 두 분은 그럼 이 우물에서 같이 살고 계셨던 거예요?"

"살긴 뭘 살아, 우리가 뭐 우물 안 개구리냐?"

"할아버지도 참, 생명의 은인한테. 우물에서 구해 주셔서 정말 고마워요."

"고맙긴 뭘, 헤헤. 비슷한 연배인 것 같은데 말 놔."

"비슷하긴요? 수염으로 보나 뭐로 보나 저보다 한참 형인 것 같은데…. 전 이제 겨우 이십대인걸요. 제 이름은 노빈손이라고 해요."

"내가 좀 조숙해 보여서 그렇지 나도 이십대야. 반갑다. 내 이름은 장비(張飛)라고 해."

장비라면… 그 유명한 소설 《삼국지》에 나오는?

“이름 멋있다.《삼국지》에 등장하는 장비랑 이름이 똑같네.”

“《삼국지》에 등장하는 건 그냥 장비고, 난 ‘중.장.비.’ 라고 해. 중(重) 씨 가문의 외아들이지.”

뜨아— 중.장.비. 그러고 보니 건설 현장에 있을 법한 중장비를 닮은 것 같기도 하고.

“중장빈지 포크레인인지, 너 정도면 조숙이 아니라 조로다 조로. 사람들이 너랑 나랑 말 트고 친구하재도 믿겠다.”

“어르신도 참. 핫.핫.핫!”

나이보다 겉늙어 보인다는 사마구 할아버지의 농담에 기분이 상할 만도 하건만 장비는 크게 한번 웃고 마는 것이었다.《삼국지》에 등장하는 장비랑 이름만 똑같은 게 아니라 성격도 외모도 닮은, 호방한 성격의 소유자라고나 할까?

“아이고 배고파. 며칠 만에 땅 위로 나온 건지…. 나이 들면 밥 힘으로 산다는데 내가 벌써 몇 끼를 굶은 거야? 중장비건 공사판이건 간에, 우물에서 건졌으면 책임을 져야지. 어서 나를 먹여 살려라, 살려내라.”

“할아버지 정말 왜 이러세요, 그 정도도 못 참으시고. 지금 말숙이가 위험에 처했는데 배고픈 게 대수예요?”

우르르 쾅쾅 꼬르륵—

눈치 없게 하필이면 이 순간 뱃속에서 천둥치는 소리가 날 게 뭐람. 노빈손은 얼굴이 화끈거렸다. 참아 보려고 애썼지

138

만 배꼽시계만큼은 속일 수 없는 법. 에라, 모르겠다—.

"당연히 대수죠. 헤~ 나도 덤으로 살려내라, 살려내라~."

물에 빠진 사람 건져 줬더니 보따리 내놓으라는 말은 들어 봤어도, 우물에 빠진 사람 건져 줬더니 밥 내놓으란 말은 처음이었다.

"그럼 산에 올라가다 먹으려고 가져온 것들이 좀 있는데, 같이 먹을래?"

장비는 도시락으로 싸온 것들을 차례로 풀어놓았다. 그렇게 꺼낸 도시락들이 하나, 둘, 셋, 넷… 어느새 한 상 그득히 차리고도 남을 만큼의 양이 되었다.

"이, 이게 다 도시락이냐?"

"집에서 급하게 나오느라 대충 만들어 온 거예요. 할아버지, 어서 드세요. 빈손아, 너도 먹어."

"대단하다. 대충 만든 게 이 정돈데 작정하고 만들면 임금님 수라상이겠는걸. 이 많은 걸 다 만들었다니 정말 대단해. 그런데 이게 다 무슨 음식이야?"

"그냥 조촐하게 상어지느러미 요리 조금이랑, 제비집 요리, 곰발바닥 요리, 또 모기눈 수프에다가 쥐 튀김, 거기다 비둘기 구이, 그 정도지 뭐."

평소 같으면 상상을 초월한 엽기적인 재료에 질색을 했겠지만, 지금은 상황이 상황인 만큼 찬밥 더운밥 가릴 형편이 아니었다. 게다가 노빈손이 장비의 솜씨를 칭찬하고 있는 사

후두부를 강타하는 후두의 맛
옛날 중국 속담에 산에는 원숭이 골 요리, 바다에는 제비집 요리라 하여 3,000년 전부터 이러한 것을 식용으로 먹어왔음을 알 수 있다. 특히 원숭이 골은 후두(猴頭)라 불리며 황궁에 진상하는 진귀한 음식으로 여겨졌고 그 맛을 최고로 쳤다. 현재는 중국 야생동물보호법에 의해 진짜 원숭이 골은 먹지 못하고 대신 후두의 맛을 모방한 인공 후두가 생산되고 있다.

이 사마구 할아버지는 벌써 먹기 시작했으니, 노빈손도 이에 질세라 숟가락을 들고 게걸스럽게 덤벼들었다. 재료는 엽기적이지만 음식들은 하나같이 독특하고 다양한 맛을 내, 그 어느 때보다 혀가 즐거웠다.

"와— 이거 정말 맛있다. 장비 너, 우리 동네에 중국집 차려도 되겠다."

자신이 만든 음식을 맛있게 먹는 두 사람을 장비는 흐뭇하게 바라보았다. 순식간에 음식은 바닥이 나고…. 수염을 돌돌 꼬아 그걸로 이를 쑤시던 할아버지가 천연덕스럽게 말했다.

"비둘기가 하도 작아서 이 사이에 다 끼고 먹을 게 없네. 뭐 좀더 없냐?"

"아니 혼자서 10인분을 잡수시고 아직도 배가 고프세요? 제 한 끼가 원래 남들 15인분인데…."

깍깍깍—

"저런, 늙은 나는 괜찮은데 한참 성장기인 우리 오공이가 조금 더 먹었으면 하는구나."

"그럼 조금만 기다리세요. 제가 뭘 좀 만들고 있거든요. 잠깐이면 돼요."

장비는 콧노래까지 부르며 가지고 있는 재료를 다듬어 뭔가를 요리하고 있었다. 솥뚜껑처럼 두텁고 투박한 그의 손은 요리를 하는 동안엔 이 세상 그 어떤 손보다 섬세하고 날렵한 손놀림을 보여 주었다.

잘 다듬은 재료를 냄비에 넣고 푹 삶기를 몇 시간—

"아직 멀었어?"

음식이 금방 될 거라 생각했던 노빈손은 몇 시간째 기다림
에 지쳐 물었다.

"기다려 봐. 음식을 할 땐 조리 시간을 지키는 것만큼 중요
한 게 없어. 이 십자수가 끝날 때쯤이면 음식이 다 될 거야.
음식이 다 되길 기다리면서 십자수 놓는 이 시간이 난 제일
좋더라. 조금만 참아."

뜨아— 십. 자. 수. 산적 같은 장비에게 이런 면이 있다
니… 새삼 놀라울 따름이었다.

오공은 배가 불러 기분이 좋은지 어미 원숭이가 새끼 원숭
이의 털을 고르며 이를 잡아 주듯, 노빈손의 몇 안 되는 머리
털을 고르고 있었다. 비록 숱은 거의 없지만 누군가 머리를
만져 주니, 솔솔 잠이 오는 것처럼 기분이 몽롱해졌다.

"자, 이제 다 됐어요."

기다림 끝에 나온 것은—.

이게 뭐야, 달랑 죽 한 사발?

"에계, 아니 잔뜩 넣고 뭘 끓이더니 이게 뭐야. 건더기는
다 어디 가고 국물뿐이야?"

뭔가 엄청난 요리가 나올 줄 알고 잔뜩 기대했던 노빈손의
얼굴에는 실망하는 기색이 역력했다. 이때 가차 없이 날아드
는 할아버지의 꿀밤.

"에이 무식한 늠. 이게 바로 그 유명한 불도장 아니냐."

"불도장이요?"

"그래. 해삼, 닭다리, 대추, 토란, 새우 등 온갖 좋은 재료를 넣고 잔불에서 최소 네 시간 이상 달이면 재료들이 흐물흐물해지면서 국물만 남지. 잔불이 없어서 촛불로 끓였어."

후루룩, 캬―

장비가 네 시간이나 불 앞에서 쭈그리고 앉아 만든 정성 때문인지 불도장은 더없이 훌륭한 맛이었다. 할아버지는 수염을 냅킨처럼 접어 입을 닦더니 만족스러운 듯 배를 두들기며 말했다.

"몸집만 커다란 줄 알았더니 요리 솜씨가 제법이구나."

"정말 맛있다. 국물이, 끝내줘요~. 근데 불도장이 무슨 뜻이에요?"

"그것도 모르냐, 이 녀석아. 부처 불(佛). 도약할 도(跳). 담 장(牆). 너무 맛있어서 부처님도 담장을 넘게 된다, 뭐 이런 뜻이잖아."

부스럭부스럭―

뭔가 다가오는 소리가 들린 건 바로 그때였다.

"음식 냄새를 맡고 정말로 부, 부처님이 담장을 넘은 게 아닐까요?"

놀란 토끼눈을 하고 노빈손이 말하자 할아버지가 '꽁' 하고 알밤을 놓았다.

"예끼, 이 녀석아, 그걸 말이라고 해."

그 무언가가 풀숲에서 이쪽으로 다가오다가 나뭇가지를 밟았다.

"누, 누구냣!?"

조금 머뭇거리는가 싶더니 수풀 속에서 스륵 나오는 그림자를 보자, 두려움을 느낀 오공이 노빈손의 등 뒤로 숨었다. 정체를 알 수 없는 그림자가 점점 그들 앞으로 다가오는데… 누가 먼저랄 것도 없이 세 사람 모두 동시에 외쳤다.

"부, 부처님!?"

가자, 소림사로

"이게 얼마 만인가, 삼수법사."

"그러게, 한 십 년 만인가, 사마구."

갑자기 펼쳐진 황당한 광경에 노빈손과 장비가 어리둥절한 얼굴로 서로 마주봤다.

"아침부터 희조(까치)가 울길래 자네가 올 거라고 기대하고 있었지. 어때, 어딜 가나 부처님 손바닥이지? 그런데 여긴 어�쩐 일인가?"

"누군 오고 싶어서 왔는 줄 알아. 발길 닿는 대로 가다 보니 여기까지 흘러온 게지."

한국이나 중국에서 사는 게 꿈이야 ─ 까치 일동

까치는 중국에서도 기쁨을 가져다 주는 새로 여겨진다. 손님의 방문을 의미하는 것 역시 우리나라와 같다. 하지만 서양에서는 반짝거리는 것을 자신의 둥지로 물어 나르는 습성이 있어 '도벽이 있는 사람'을 까치 같다고 하며, 특히 기독교에서는 까치를 악마, 사탄, 낭비, 방탕의 상징으로 본다. 이 사실을 까치가 알면 동양으로 이민 오고 싶어할 거야.

"50년 전 소림사에 같이 출가했다가 열흘 만에 제 발로 도망간 자네지만, 언제고 다시 돌아올 줄 알았지. 껄껄."

"서로 아는 사이세요?"

"전에 내가 절에서 잠깐 수도생활을 했을 때 알게 된 사이다."

약장수에, 광산에, 동물원, 그리고 이번엔 절까지! 도대체 이 할아버지가 안 해본 일이 뭐야. 역시 범상치 않은 외모처럼 파란만장한 질풍노도의 인생을 살아오셨구나.

"그건 그렇고, 이 아이들은 누구지?"

"저는 대한민국 쾌남호걸 노빈손인데요. 세계여행을 떠나 지금 중국의 이곳저곳을 둘러보고 있는 중이에요."

"오~ 세계여행? 어쩐지 고생을 많이 한 얼굴 같더라니. 아미타불─."

"안녕하세요, 스님. 전 장비라고 하는데 소림사를 찾아가는 중이었답니다."

노빈손은 그동안 있었던 일을 자세히 삼수법사에게 설명했다. 삼수법사는 염주를 돌리며 차분히 빈손이의 말을 경청했다.

"아무튼 생긴 것만큼이나 고달픈 여정이로구나. 오늘은 늦었으니, 여기 소림사에서 유하고 자세한 건 내일 얘기하자."

바닥에 머리만 대면 곧장 곯아떨어지는 노빈손이었지만 말숙이를 지하세계에 남겨두고 와서 그런지 잠을 이룰 수가 없었다. 꿈속에서나마 말숙이 모습을 떠올리려 하자 여태껏 알고 지낸 말숙이와 두께 2mm의 화장가면을 쓴 양귀비 버전 말숙이가 서로 자신이 진짜라고 툭탁거렸다. 조막만한 전족을 신고 고통스러워하는 말숙이의 모습이 떠올라 비몽사몽간에도 마음 한구석이 알싸해져 왔다.

차라리 때리고 소리 지를 때가 좋았지. 세상에 얼마나 힘들었으면 항공모함 같던 발이 그렇게 작아졌을까. 게다가 진시황에게 잡혀 빵틀에 구워질 뻔한 순간에, 자기를 구하러 오라고 날 일부러 낭떠러지로 밀었지.

'치, 지지배. 살살 좀 밀지. 그나저나 말숙아, 조금만 기다려. 내가 곧 구하러 갈 테니까.'

1세기를 전후해 불교가 중국에 들어왔다. 당시 통치자들은 불교를 받들기 위해 절벽이 있는 지역에 석굴을 만들기 시작했다. 수·당 시대에 이르자 석굴예술은 더욱 발전하게 된다. 중국의 3대 석굴로는 운강석굴, 용문석굴, 돈황의 막고굴이 있는데 이 석굴들엔 화려한 색채와 다양한 불교벽화, 그리고 조각들이 있어 전세계 사람들로부터 예술의 보고라 불린다.

그날 밤, 노빈손은 말숙이 대신 전족을 신고 걸어다니는 꿈을 꿨다.

또각또각 뒤뚱뒤뚱 —

병 속의 새를 꺼내라

마하반야바라밀다심경, 똑.똑.똑.똑 —

새벽을 재촉하는 예불소리가 소림사의 아침을 깨우고 있었다. 종루의 법고소리가 울려 퍼지자 거짓말처럼 어둠이 물러가고 먼동이 터왔다. 몇백 년간 이어진 무술 수련의 흔적으로 소림사 경내의 돌바닥은 움푹움푹 파여 있었다. 곳곳에 세워진 삼지창, 봉, 쌍절곤 같은 오래되고 낡은 무기들은 소림사의 연륜과 내공을 온몸으로 말해 주는 듯했다.

협, 협, 협—

주황색 승복을 입고 무술 단련에 열중하는 젊은 스님들의 함성소리로 소림사는 아침부터 뜨거웠다. 마치 중국 무협영화를 24시간 찍는 촬영소 같다고나 할까.

"노빈손이라고 했던가, 이제 어디로 갈 셈이냐?"

어느새 곁에 다가온 삼수법사님이 인자한 얼굴로 물었다.

"벽 속에서 발견된 금서의 구절을 풀려면 중국에서 가장 큰 용을 찾아야죠. 아직 어디로 가야 할지는 잘 모르겠지만 말숙이를 구하기 위해서라도 서둘러야 할 것 같아요."

"기특하다. 한 사람을 구하는 일이 곧 전 인류를 구하는 일
이란다."

"인류요? 뭐 그렇게 거창하기까지요. 전 그냥 말숙이를 구
한다는 생각에…."

"바로 그 한 사람을 귀하게 여기는 마음이 나중에 인류를
구하게 될 것이야. 관세음보살—."

삼수법사님은 사마구 할아버지랑 친구여서 그럴까, 알 듯
모를 듯한 말만 하셨다. 혹시 스님이 문제의 답을 알고 계시
지나 않을까.

노빈손은 어렵게 운을 뗐다.

“저… 스님, 스님은 혹시 중국에서 가장 큰 용이 어디 있는지 아세요?”

“큰 용이라…. 내가 퀴즈를 하나 낼까? 입구가 좁은 병에 새를 넣어 키웠다. 시간이 좀 지나자 새는 입구를 빠져나올 수 없을 만큼 커 버렸지. 자, 이 새를 꺼내려면 어떻게 해야 되겠느냐?”

“글쎄요. 새를 다이어트를 시켜서 병 밖으로 불러낸다? 그것도 아니면…? 으, 모르겠어요. 답이 뭐예요?”

“너는 이미 답을 알고 있다. 병 안의 새를 꺼낼 수 있을 때 중국에서 가장 큰 용은 네 눈앞에 나타날 것이야. 나무아미타불 관세음보살—.”

“네, 넷?”

따악—

노빈손은 죽비를 내려치는 소리에 소스라치게 놀라 잠에서 깼다.

“몸이 많이 허해졌나. 전족을 신고 돌아다니는 꿈을 꾸질 않나, 병 속의 새를 꺼내라는 퀴즈까지…. 집에 돌아가게 되면 보약 한 재 달여 먹어야겠는걸.”

흠흠—

언제 오셨는지 노스님의 인기척 소리가 문밖에서 들려왔다.

“자, 이제 슬슬 길을 떠나야 할 때가 되었으니 어서 기침하

거라. 사마구, 자네도 어서 눈을 뜨게."

"음냐음냐, 난 아침잠이 많은 체질이야. 좀 냅두라고."

"할아버지도 참, 빨리 일어나세요. 일찍 일어나는 새가 벌레를 잡는다는 말도 있잖아요. 일어나세요."

"잘 생각해 봐라. 니가 새인지 벌레인지 말야. 벌레가 일찍 일어나 봐야 제일 일찍 일어난 새한테 잡아먹히기밖에 더하겠어."

그 속담이 그렇게 되나. 아무튼 궤변 늘어놓는 데 천부적인 소질이 있으시다니까.

"서둘러 떠나면 오후에는 숭산을 벗어날 수 있을 게다."

이때 장비가 눈을 비비면서 잠이 덜 깬 상태로 부스스 일어났다.

"스님, 소림사 주지스님을 만나게 해 주세요. 저는 여기 주방장이 되는 게 꿈입니다."

장비의 말에 사마구 할아버지가 혀를 끌끌 찼다.

"저런 정신없는 녀석. 저 땡중이 바로 이 소림사 주지야."

"네? 주지스님이 저 땡중…? 아니 저 땡중이 주지스님이라구요?"

화들짝 놀라 넙죽 절부터 하고 보는 중장비.

"스님, 저의 무례함을 용서해 주십시오. 그리고 저를 거두어 주세요."

"웬만하면 부탁을 들어주게. 저 녀석 요리 실력, 꽤 쓸 만

축의 장수. 하북성 탁군 출신으로 유비, 관우와 함께 의형제를 맺어 평생 그 의를 저버리지 않았으며 무수한 전쟁에서 용맹을 떨쳤다. 《삼국지연의》에서 장비를 소개한 문구는 다음과 같다.
'키가 팔 척에 표범 같은 머리, 번쩍이는 눈, 근육질의 아래턱, 호랑이 같은 수염이다. 목소리는 우레와 같고, 힘은 거친 말과 같다.'
하지만 실제로 장비는 시문에 능할 뿐 아니라 서화에도 능한 남자였다고 하니…. 소설은 소설일 뿐이라니까.

하니까."

"맞아요, 절대 실망하지 않으실 거예요."

두 사람의 이구동성에 스님은 고개를 끄덕였다.

"알겠네. 두 사람이 칭찬할 정도면 믿을 만하겠지. 그러면 장비, 너는 남아서 사찰 요리를 더 배우도록 해라."

"감사합니다, 감사합니다. 스님."

장비는 덩치에 어울리지 않게 눈물까지 흘리며 기뻐했다.

"자, 자네들은 어서 짐을 꾸리게."

"맨몸으로 와서 꾸릴 짐이 없는데요."

띠용—

"험… 아무튼 그럼 잘들 가게나. 인연이 되면 언젠가 다시 만날 날이 있겠지. 나무아미타불 관세음보살—."

노빈손과 사마구 할아버지가 안개가 채 가시지 않은 길을 나서는데 스님이 뒤에서 미륵불 같은 웃음으로 배웅해 주셨다.

"빈손아, 병 속의 새는 꺼냈느냐?"

뒤에서 들리는 갑작스런 삼수법사님의 질문에 노빈손은 당황했다.

"네, 네?"

아니 내 꿈 이야기를 어찌 아셨지? 혹시 스님이 꿈속에 일부러 나타나 주신 건가?

안 그래도 서울 지하철 노선처럼 복잡한 노빈손의 머릿속이 더 복잡해졌다.

"명심하거라. 병 속의 새를 꺼내면 중국에서 가장 큰 용이 네 눈앞에 나타날 것이야. 항상 부처님이 함께하기를— 나무아미타불."

스님의 목소리가 메아리처럼 아스라이 뒤로 사라져 갈 쯤, 장비가 허겁지겁 달려오는 것이 보였다. 헤어지는 것이 못내 아쉬운지 장비는 노빈손에게 작은 꾸러미를 내밀었다.

"헉헉— 빈손아, 가는 길에 먹어. 오늘은 이렇게 헤어지지만 나중에 우리 꼭 다시 만나자."

장비가 건넨 도시락은 금방 만들어 왔는지 아직 온기가 남아 따스했다.

"그래 장비야. 네가 소림사 주방장이 되는 날, 이곳에 꼭 다시 올게."

"좋았어. 널 위해서라도 꼭 멋진 주방장이 될게. 그때까지 우리의 우정 변치 말자꾸나."

굳게 다잡은 손, 그들의 모습 위로 눈발이 바람에 날려 복숭아 꽃잎처럼 흩날렸다. 보라— 이것이 남자들만의 우정이다.

"이 녀석들아, 니들이 무슨 《삼국지》 주인공이야? 지금 도원결의, 아니 도시락결의 할 시간이 어딨냐. 갈 길이 멀다. 어서 서둘러."

할아버지도 참, 무드 없게스리.

하긴, 지나가던 사람이 봤으면 밤송이 수염의 장비에, 머

리털 별로 없는 유비, 좀 오래된 관우까지, 어디서 《삼국지》

드라마 찍냐고 오해할 만하기도 했다.

　"아참, 사마구 할아버지. 땡중… 아니, 소림사 주지스님은

왜 법명이 삼수법사예요?"

　"아, 그거? 그 땡중이 대학에 세 번 떨어지고 홧김에 출가

하는 바람에 그렇게 됐지. 늦겠다, 어서 가자."

애완동물로 깜찍한 귀뚜
라미는 어때?

중국에서는 옛날부터
귀뚜라미를 애완용으로
키웠는데 투충이라고
하여 귀뚜라미 싸움까
지 성행했다. 좋은 품종
의 귀뚜라미는 말 한 필
과 맞바꿀 정도의 가치
가 있었다고 하는데, 전
재산을 털어 산 귀뚜라
미가 한순간의 방심으
로 수탉이 날름 쪼아 먹
는 바람에 상심한 부부
가 동반자살했다는 어
이없는 이야기도 전해
내려온다. 이번에 귀뚜
라미 한 마리 길러 보는
건 어때?

알면 쉬운데 몰라서 더 어려운 한자의 원리

중국 맛 한번 볼래?
자장면 맛보다 좋지, 물론!

글자라기보다 차라리 그림이라 불러다오~

우리가 한자를 배워야 하는 이유는 무엇보다 풍부한 언어를 사용하기 위해서야.

한자는 우리 고유어를 대부분 잠식해서 이제는 국립국어연구원의 《표준국어대사전》에 70%를 차지할 정도로 엄청나다고 하거든. 그러니까 만약 한자어를 모른다면 우리말의 70%를 모르게 되는 셈이지.

중국의 한자는 처음에 글자라기보다는 한 폭의 그림이었어. 가장 오래된 한자의 형태는 약 3,500년 전 황하 유역에서 발달한, 은나라 때 만들어진 갑골문자였지. 이것이 여러 시대를 거치는 동안 변형되고 다듬어져 오늘날과 같은 모습을 갖추게 된 거야. 한자 하나하나가 어떻게 만들어지고, 또 어떻게 해서 여러 가지 뜻을 지니게 되었는가에 대한 이야기를 들어 본다면 생각보다 쉽게 한자들을 익힐 수 있을걸. 그럼, 한자가 만들어진 기본 원리부터 살펴볼까?

1. 상형문자

사물의 모양을 본떠서 만듦

153

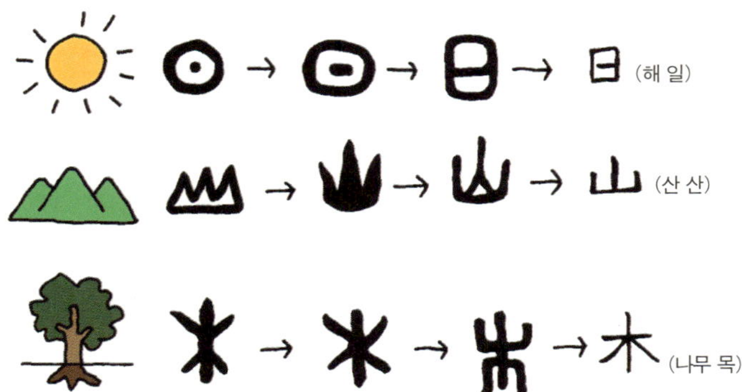

2. 지사문자

눈으로 볼 수 없는 추상적인 생각이나 뜻을 점이나 선으로 부호화하여 나타냄

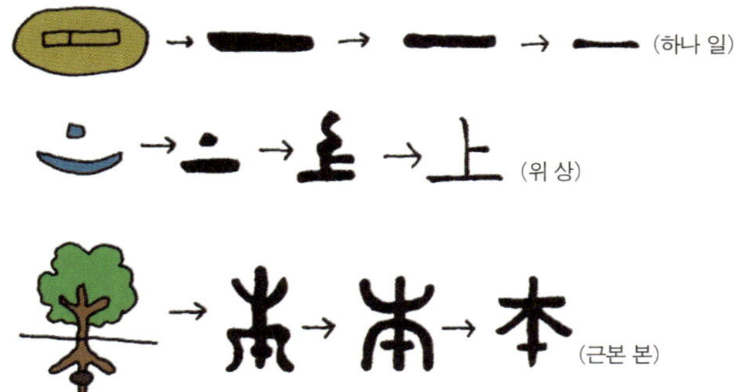

3. 회의문자

이미 만들어진 둘 이상의 한자를 결합하여, 전혀 다른 새로운 뜻으로 만듦

休 쉴 휴 : 사람(人)이 나무(木)에 기대어 쉬다

林 수풀 림 : 나무(木)와 나무(木)가 모여 수풀(숲)을 이룬다

好 좋을 호 : 여자(女)가 자식(子)을 안고서 좋아하다

4. 형성문자

이미 만들어진 둘 이상의 한자가 결합한 것으로, 한쪽에서
는 뜻을 다른 한쪽에서는 음을 가져다 합해 만듦

露 이슬 로 : 뜻부분(雨 : 비) + 음부분(路 : 로)

洋 큰바다 양 : 뜻부분(水 : 물) + 음부분(羊 : 양)

5. 전주문자

이미 만들어진 한자의 뜻이 다른 뜻으로 확대됨

樂 : ❶ 음악 (악) → ❷ 즐거울 (락) → ❸ 좋아할 (요)

長 : ❶ 길다 → ❷ 어른 → ❸ 잘하다

6. 가차문자

이미 만들어진 본래의 뜻에 관계없이 음만 빌려다가 씀

亞細亞 : 아세아

堂堂 : 의젓하고 거리낌 없는 모양, 당당

多不有詩 : W·C(다불유시) — 화장실

어때? 한자의 원리, 생각보다 어렵지 않지? 만약 세종대왕
께서 한글을 창제하지 않으셨다면 우린 지금도 어려운 한자
를 빌려 쓰고 있겠지? 실제로 중국사람들은 고작 대여섯 살
정도로 보이는 우리나라 어린이들이 줄줄 책을 읽는 걸 보
고 감탄한다고 해. 한자를 쓰는 그들로서는 감히 상상도 할
수 없는 일이지. 이렇게 쉽고도 간편한 한글을 만들어 주신
세종대왕님께 감사하는 마음으로, 한글을 더욱 바르고 아름
답게 사용해야겠어.

중국 맛 한번 볼래?
자장면 맛보다 좋지, 물론!

무엇을 상상하든 그 이상을 먹게 될 것이다

중국음식 중에 어떤 거 좋아해? 망설이지 말고 골라 봐. 내가 다 요리해 줄 테니까, 어서. 그럼 뭘 고를지 생각할 동안 중국음식에 관한 얘기나 잠깐 들려줄까?

프랑스요리와 함께 세계요리의 양대산맥이라고 불릴 정도로 중국요리는 정말 끝내 주지. 긴 역사만큼이나 다양한 요리를 개발, 발전시켜 오늘날 세계적인 요리로 명성을 쌓고 있어.

중국음식은 광활한 땅과 넓은 바다에서 얻어지는 갖가지 재료 덕분에 다양하고 화려한 것이 특징이야. 바다의 잠수함과 육지의 탱크, 하늘의 비행기만 빼고는 못 먹는 게 없다는 말이 있을 정도니까 얼마나 다양한 요리가 있는지 상상이 가니? 그러면 좀 독특한 재료들을 살펴볼까? (어떤 재료를 상상하든 그 이상을 먹게 될걸!)

황당 중국요리 재료 베스트 5

❶ 쥐

중국에서 요리 재료로 쓰이는 쥐는, 우리가 알고 있는 시궁창에서 나온 더러운 쥐가 아니라 식용으로 키워진 깨끗한

쥐라고 하니까 한번 먹어 보는 것도 나쁘지 않겠지?

❷ 원숭이

원숭이 생골은 8대 진미 중의 하나라고 할 만큼 유명한 요리야. 시중에는 비싼 원숭이 골 대신 원숭이 머리 모양의 큰 버섯을 넣고 만든 요리도 있는데 이것도 맛이 일품이어서 입맛이 까다로운 서태후가 즐겨 먹었다고 해.

❸ 코끼리의 코, 그리고 낙타의 혹

❹ 제비집

바다제비들이 해초와 생선 등 다양한 먹이를 먹은 후 해안 절벽이나 동굴 속에 토해서 지은 집을 말해. 단백질이 많이 함유되어 있어 피부미용에 좋고, 칼슘이 풍부해서 임산부에

북경 오리구이

마화

게도 그만이라는군.

❺ 부엉이, 고슴도치, 뱀, 전갈 등

❻ 그리고 번외편으로 인육(사람고기)

중국 역사에는 기근이 심했던 특정 시대나 특정 지역에서 공공연히 인육을 사고팔았다는 기록이 있어. 송나라 때까지 시장에서도 빈번히 거래되었고,《삼국지》나《수호지》등의 소설에도 등장하지. 다리 두 개 달린 양고기, 혹은 생각하는 고기라고 불렸다니… 어째 으스스하지? 물론 아주 먼 옛날 옛적 일이지만 말야.

중국음식을 먹을 때 반드시 지켜야 할 3대 에티켓

1. 최대한 지저분하게

깨끗하고 정갈하게 먹어야 예의라고 생각하지만 중국에선 왁자지껄하게 얘기하며 최대한 지저분하게 먹는 게 음식을 준비한 주인에 대한 예의야. 식사가 끝난 뒤 식탁이 전쟁이 끝난 후의 폐허와도 같다면 합격점이지! 우리와 정반대지?

2. 반드시 음식을 남겨라

손님을 접대할 때 가능한 한 많은 양의 음식을 준비하는 것을 미덕으로 생각하는 게 중국사람들이야. 때문에 준비된 음식을 모두 먹어치웠을 경우 주인은 음식이 부족했나 보다 하고 생각하기 쉬우니까 살짝 남겨 줘야 해.

3. 돌려 먹는 재미가 있다?!

회전테이블은 큰 접시에 나오는 중국음식을 편리하게 나눠
먹도록 만들어진 거야. 먹을 만큼 적당히 음식을 덜고 난 후
시계 방향으로 테이블을 돌려 차례로 음식을 나눠 먹으면 돼.
음식을 덜 때 자신이 사용하던 스푼을 사용하면 큰 실례겠지?

황제가 살던 집, 자금성

"이제 어디로 가죠?"

"어디긴 용 찾아가야지. 사실 내가 이 동네를 은근히 꽉 잡고 있어서 동네 애들 중 등에 용문신한 녀석들을 좀 알거든. 우선 그 조폭들부터 만나 보자."

"어휴, 중국에서 가장 큰 용이 기껏 조폭 등 뒤에 있겠어요? 다른 데서는 본 적 없으세요?"

"글쎄다."

"어디 건물 벽에 그려져 있거나 아니면 돌로 조각된 용 모양의 석상… 뭐 그런 거 아닐까요?"

"옳거니, 그러고 보니 자금성에서 본 것 같다. 거기부터 가 보자."

"자금성이라면 우리 동네 중국집 말씀이세요? 거기 전화번호가 2249-4…."

"예끼 이 녀석아, 자장면집이 아니라 황제가 살던 집말이다, 원조 자금성말야."

자금성에 가기 위해 나선 노빈손 일행은 천안문 광장에 도착했다. 천안문 광장은 외국에서 온 관광객들부터 시작해서 아들 손자를 데리고 나온 가족에 이르기까지 많은 사람들로 발 디딜 틈도 없었다.

"우와, 이게 다 어디서 온 사람들이래요?"

"장날도 아닌데 대단한 인파구나. 중국인들 중에는 천안문 광장의 국기게양식을 보려고 시골에서 며칠씩 걸려 상경하는 경우도 빈번하니 놀라운 일은 아니지만서도. 천안문은 나도 처음이라 어디가 어딘지 모르겠다. 여기까지 왔으니 자금성은 이제 네가 알아보거라."

"할아버지도 참, 어딘지 안다고 하시고선."

"알았는데 잊어버린 거야. 너도 나이 들어 봐라, 이눔아. 기억이 신호등처럼 깜빡깜빡 하지."

사마구 할아버지는 자금성보다 천안문 광장에 더 관심이 많은지 광장을 어슬렁거리며 사람 구경에 바쁜 모습이었다.

어떻게 자금성을 찾아가야 하나. 노빈손은 가방 속에 지도가 있다는 걸 기억해 내고는 꺼내 펴 들었다. 지도상으로 보면 천안문과 자금성이 무척 가까운 것 같긴 한데… 위치가 정확히 어디지?

빠지직, 툭―.

계시처럼 갑자기 지도 위로 뭔가 떨어졌다.

"오~ 하나님, 부처님, 공자님, 아무나 감사합니다. 제가 갈 길을 이렇게 콕 찝어 알려 주시다니…."

"우겔겔겔―."

하늘을 향해 꾸벅 절을 하는 노빈손의 귓가에 희한한 웃음소리가 들려왔다. 누구야? 내 웃음소리보다 더 특이하네.

면적 40만㎡에 최대 100만 명을 수용할 수 있는 이 광장은 1919년에는 5.4운동, 1949년에는 중화인민공화국 건국선언, 1989년에는 천안문사태 그리고 1999년에 건국 50주년 기념식을 거치면서 중국의 역사가 숨쉬는 대표적인 장소가 되었다.

"멍청하긴. 바보야, 그건 그냥 비둘기 똥이라구."

노빈손이 깜짝 놀라 돌아보니 구릿빛 피부에 동글동글해서 단단해 보이는 한 아이가 배를 잡고 뒹굴며 웃고 있었다.

"웃어서 미안. 하지만 네 행동이 너무 웃겨서 말야. 비둘기 똥을 보고 신의 계시라니. 크크크~ 이 광장에는 비둘기가 많아서 늘 비둘기 똥을 조심해야 한다니까."

노빈손보다 한참 어려 보이는 아이는 웃음을 참으려고 얼굴을 일그러뜨리며 간신히 말하고 있었다. 지도를 다시 보니 과연 하얀 물감처럼 하얀 비둘기 똥이 햇빛에 반사되어 빛나고 있었다. 그건 그렇고, 갑자기 나타나 자꾸 똥똥거리는 이 녀석은 도대체 누구람?

"안녕, 내 이름은 모택똥이라고 해. 우리 부모님이 가장 존경하는 모 주석 이름에서 따왔지."

묻지도 않았는데 모택똥은 자랑스럽게 자기 소개를 했다. 노빈손은 '그럼 너희 집은 다 똥자 돌림이니?' 라고 물어보고 싶은 걸 간신히 참았다.

"말투로 봐선 중국사람 같지 않은데, 어디서 왔어?"

"대한민국."

"가까운 데서 왔네. 할아버지까지 모시고 여행 온 걸 보면 어지간히 효잔가 보다."

"어? 그, 그렇게 됐어. 참, 너 혹시 자금성이 어딨는지 알아?"

모택똥이 순간 어이없다는 표정을 지었다.

"바로 옆이잖아. 저 천안문이 자금성으로 들어가는 세번째 문이야. 예전에는 황제만이 드나들 수 있었지만 지금은 누구나 다 통과할 수 있다구."

"그래? 그럼 혹시 자금성에서 가장 큰 용이 어디 있는지도 아니?"

"자금성에 용이 어디 한둘이겠어? 황제의 상징이 바로 용이거든. 그건 그렇고, 용은 왜?"

"그냥…. 용이 물고 있는 여의주를 찾아야 하거든. 사정이 있어서 말야."

괜히 지하세계 어쩌구 했다가 실없는 사람으로 찍히느니 관광객인 척하는 편이 더 나을지도 모를 일이었다.

"좋아, 특이하게 생기긴 했지만 나쁜 사람인 것 같지는 않으니까 내가 도와줄게."

끝이 보이지 않는 황금색 지붕의 건물, 건물들. 그리고 이들을 둘러싼 장막처럼 긴 벽들. 웅장하다는 표현으로도 부족할 만큼 거대한 천자의 집. 그 옛날 수많은 환관과 궁녀, 그리고 황제의 가족들로 북적거렸던 자리가 지금은 세계 각지에서 몰려든 관광객들로 붐비고 있었다.

"여기가 바로 구룡벽이야. 어마어마한 크기의 벽에 채색 유리기와로 용이 무려 아홉 마리나 수놓아져 있다구. 어때, 크지? 멋있지?"

그러나 모택똥의 호들갑스런 목소리에도 노빈손의 얼굴은 찌뿌드드하기만 했다.

"멋있긴 한데 어째 중국에서 가장 크다고 말하기엔 귀여운 수준인 것 같은데. 게다가 여의주도 안 물고 있고."

"그래? 용만 있으면 안 되고 꼭 여의주를 문 용이라야 하는 거야?"

"응."

"그거 참 까다롭네. 아 그래. 여의주를 문 용이 하나 있긴 있어. 생각났다구."

"어딘데?"

"바로 황제의 옥좌!"

사방이 온통 황금이었다.

의자도 벽도 바닥도 모두 황금빛으로, 눈이 부셔 들여다보기조차 힘든 내부의 천장엔 거대한 황금 용 두 마리가 용트림을 하고 있었다. 금방이라도 여의주를 물고 하늘로 날아오를 듯한 용은 사실성과 예술성을 모두 갖추어, 보는 이들을 압도했다.

"저거야 저거. 세상에 용의 입에서 금방이라도 여의주가 뚝 떨어질 것만 같네. 어쩜 저렇게 정교하고 세밀하게 조각을 잘했을까?"

하지만 노빈손의 얼굴은 생각만큼 밝지 않았다.

"근데 내가 찾는 건 중국에서 가장 큰 용인데 크기를 봐. 구룡벽의 용보다도 작은 걸."

"쩝. 그건 그렇긴 하네."

노빈손은 다시 절망에 빠졌다. 손에 막 잡힐 듯 눈앞에서 아른거리던 것이 다시 저만큼 아득해졌다.

"거참 용용 죽겠네. 이곳도 아닌가 봐. 어쨌든 모택뚱, 도와줘서 고마워."

"도움이 못 돼서 미안. 그리고 너도 보물찾기 그만하고 이제 돌아가. 상품에 너무 연연하지 말고."

"보물… 찾기? 그, 그래, 너도 잘 가."

자금성(紫禁城)을 만든 사람들
자금성은 명나라 때의 황궁의 명칭으로, 황제가 살았던 곳이다. 황궁이 건립된 시기는 명나라 영락 4년(1406년)으로, 동원된 인원이 20만 명이며, 15년이 걸려 완성되었다고 한다. 중국에서 현존하는 궁궐로서는 가장 규모가 크고 가장 짜임새가 있는 웅장한 고건축물이다.

그날을 기다리며

음습하고 컴컴한 지하, 음산한 기운이 가득한 이곳은 진시황의 처소.

자정이 넘은 시간에도 소곤소곤 밀담을 나누는 모습이 뭔가 거대한 음모를 짜고 있음이 분명하다.

"갈가리, 그날을 위한 준비는 다 되어 가고 있겠지?"

"예. 거의 다 되어 갑니다. 1호갱과 2호갱, 3호갱 군대의 정비를 다시 하고 병사들에게 새로운 무기와 갑옷을 보급했습니다요. 말들과 기마병들은 오랫동안 쉬었던 터라 예전의 컨디션을 찾기 위해 하루에도 몇 시간씩 훈련을 거듭하고 있습니다. 한 이틀 후면 모든 준비가 끝날 것 같습니다. 그리고 폐하의 쾌적한 이동을 위해서 제 발명품인 온량거, 그러니까 여름에는 시원하고 겨울에는 따뜻한 보일러 마차까지 준비해 놨으니 아무 걱정 마십쇼."

"전에도 그거 탔다가 겨울에는 춥고 여름에는 더워서 혼났잖아. 내가 그랬지, 월급 올려 줄 테니까 웬만하면 발명하지 말라고."

"그, 그게 저는 학자이기 전에 발명가인지라, 발명과 떨어져서는 단 하루도 살 수가 없어서…. 흑흑."

갈가리의 눈물에 진시황은 귀찮다는 듯 손을 내저었다.

"알았어, 알았어. 눈물 보이지 마, 뚝―. 나 마음 약한 거

알잖아. 어쭈 맞을래, 그칠래?”

뚝―

“그래야지. 내가 얼마나 많은 공을 들여서 그날을 준비하는지 잘 알고 있지? 자그마치 이천 년이야, 이천 년. 그 긴 시간 동안 피부도 거칠어지고 몸도 약해지면서도 그날만을 고대하면서 참고 또 참아왔는데. 무조건 성공해야 돼, 알지?”

“여부가 있겠습니까, 지금 도공들을 시켜 부지런히 부족한 병마용의 수를 채우고 있습니다. 그날이 되기 전에 병사들의 대형을 모두 완성할 수 있을 것입니다.”

진시황은 두 주먹을 불끈 쥐고 부르르― 떨었다.

“으, 그날이 오면…. 그날을 얼마나 기다렸는지 몰라. 그리고 이 일은 절대 다른 사람 귀에 들어가서는 안 돼. 알겠어?”

통일의 날도 아닌데 그날은 또 무슨 날이며, 어디 도자기 가게라도 차리려는 심산인가 진시황은 왜 이리도 병마용 제작에 열을 올리는 것인지.

“무, 물론입니다. 그날이 오면 우리 중국은 잠자는 사자에서 세계의 맹주로 다시 우뚝 설 것입니다요. 그나저나 폐하, 큰일을 코앞에 두셨으니 이제 더욱 옥체를 보존하셔야 합니다. 그래서 짠― 준비했습니다.”

갈가리 박사의 준비했다는 말에 움찔하며 놀라는 진시황.

“깜짝이야, 내가 그랬지. 웬만하면 준비하지 말라고.”

“이번엔 정말입니다. 중국에서 내로라하는 중소기업체의

특허를 받은 제품으로, 백 년 묵은 산삼을 캔 심마니랑 한동네에 사는 사람이 재배한 도라지에다가, 한약 재료 중에서도 가장 몸에 좋다는 약재 중에 들어가도 그만 안 들어가도 그만인 약재를 골라 넣어 만든 특제 자양강장 피로회복제랍니다. 정말 어렵게 구한 겁니다."

"좀 불안하긴 하지만 몸에 좋다니까 먹어 주지. 그래도 고독한 제왕의 자리에 있는 나를 생각해 주는 건 갈가리 너밖에 없구나. 약 포장지만 봐도 느낌이 오는군. 어디 먹어 볼까?"

꿀꺽꿀꺽—

"어떠십니까? 몸이 좋아지는 느낌이 팍팍 오지 않습니까?"

"꺼어억~ 맛이 왜 이 모양이야."

"옛말에 양약고어구(良藥苦於口)라 하여, 몸에 좋은 약은 입에 쓴 법입니다. 어떻습니까, 느낌이 오십니까?

"음 뭔가 느낌이 오는데…."

"어때요? 기운이 펄펄 나시죠?"

갑자기 뱃속이 전쟁이라도 난 것처럼 부글거리며 끓어올랐다.

"기운은 무슨, 널 믿은 내가 잘못이지. 아이고, 배가… 배가… 어서 요강을…."

진시황이 배를 움켜잡고 데굴데굴 구르자 당황한 환관 세 시가 얼른 목청 높여 사람을 불렀다.

“얘들아, 황제 폐하께서 매화를 생산하신다—.”

환관들이 요강단지를 들고 허둥지둥 뛰어오는 사이, 식은 땀까지 흘리며 복통을 호소하던 진시황은 요강이 올 때까지 기다릴 수 없다는 듯 후다다닥 뛰쳐나갔다.

혼자 남은 갈가리 박사는 머리를 긁적이며 중얼거렸다.

“이상하다. 식전이 아니라 식후에 먹는 거였나.”

죽간에 새긴 편지

같은 시각. 다른 이유로 잠 못 드는 여인 있었으니… 바로 귀비, 아니 말숙이였다.

인어기름으로 밤을 대낮같이 밝힌 진시황의 지하궁, 몇 겹으로 둘러친 궁중의 긴 담 안에서 말숙이의 한숨소리가 새어나오고 있었다.

“어휴—, 빈손이 앤 도대체 왜 연락이 없는 거야? 아무튼 나만 없으면 바보 온달처럼 어딜 가나 헤맨다니까. 어머, 그럼 난 평강공주가 되나. 오호호홋— 이러고 있을 게 아니라 빈손이에게 편지라도 써야겠다. 내 편지를 받고 나면 힘이 저절로 날 테니까. 내시, 어이 거기 내시 없느냐? 아이참, 바쁜데 어디 간 거야?”

아무리 비단옷을 입고 화장을 했어도 목소리만은 어쩔 수 없는 법. 말숙이의 뚝배기 깨지는 소리 같은 목소리가 높은 담으로 둘러싸인 궁궐 안에 쩌렁쩌렁 울려 퍼지자, 환관 세시가 종종걸음으로 허둥지둥 달려왔다.

"소인 대령하였사옵니다, 귀비 마마. 그리고 저는 내시가 아니라 세시이온데…."

"시끄러. 세시나 내시나 한 시간 차이잖아. 너 말대답하다 끌려간 다른 환관들처럼 되고 싶어?"

귀비의 이 말 한마디에 세시는 끓어오르는 혈압을 누르며 허리를 조아렸다.

"아, 아니옵니다. 귀비 마마, 그런데 무슨 일로…."

"아참 그건 그렇고 너 글 쓸 줄 알지? 지필묵(紙筆墨), 서예 말이야."

"지필묵이 뭡니까요?"

"아참, 진나라 땐 아직 종이와 먹이 없었지. 내가 편지 쓸 일이 있어서 그러니까 빨리 글 쓸 준비 좀 해. 빨리 안 가? 확—."

말숙의 박력 있는 모습에 겁먹은 세시는 얼른 죽간과 칼, 칼 가는 숫돌을 내와 글 쓸 준비를 했다.

"자, 이제부터 부르는 대로 잘 받아 적도록 해."

"불러 보시옵소서, 귀비 마마."

"노빈손에게."

다소곳이 무릎을 꿇고 말숙이 부르는 대로 받아 적으려던 환관 세시가 화들짝 놀라 고개를 바짝 쳐들었다.

"네, 네? 노빈손이라굽쇼?"

순간 말숙이의 눈썹이 일자로 쫘악 찢어져 올라갔다.

"아이 참. 그거 하나 제대로 못 받아 적어? 기왕이면 좀 멋지게 적도록 해. 빈손이가 내 편지를 받고 감동의 눈물을 흘릴 정도로. 알았지?"

"네, 귀비 마마."

세시는 고개를 조아리고 다시 칼로 죽간에 정성껏 새겨 내려가기 시작했다. 말숙이의 명랑한 목소리가 이어졌다.

열심히 글을 새기는 세시의 이마에 한줄기 땀이 맺혀 굴러 떨어졌다.

173

비단에 그린 그림

중국에서 국화(國畫)라고 불리는 중국화는, 붓과 먹을 이용해 종이나 비단에 그리는 그림을 말한다. 중국화는 중국 의학, 경극과 함께 중국 문화의 3대 정수로 꼽히며 많은 칭송과 사랑을 받고 있다. 중국화는 내용에 따라 인물화, 산수화, 화조화로 나뉘며 우리나라 회화에도 많은 영향을 주었다.

웩—

세시는 비위가 상하려는 걸 꾹 참고 묵묵히 써 내려갔다.

천지간의 만남에는 두 가지가 있으니 하나는 임금과 신하의 만남이요, 다른 하나는 그대와 저의 만남이 아닐는지요.

"내가 널 찍은 거 알지? 물론 내가 좀 손해를 보는 것 같긴 하지만. 네가 날 워낙 좋아하니까 어쩌겠어? 호홋."

벌이 꽃을 찾는 것은 자연의 섭리이거늘 그대를 사모하는 제 마음을 허락해 주십시오.

"빨리 돌아와. 안 그러면 인생 고달파질지도 모르니까 말야, 말숙이가."

그럼 다시 뵈올 날까지 두루 편안하시옵소서. 귀비 올림

말숙이는 완성된 서신을 읽어 보려다가 깨알 같은 한자를 보고 기겁했다.

"참, 한문이지. 히히, 나는 몰라도 똑똑한 빈손이는 읽을 수 있을 거야."

흐뭇한 미소를 지으며 죽간을 얼른 차곡차곡 접었다.

"황공하옵니다만 마마, 이 서신은 누구에게 보내는 것이옵니까?"

"어허, 꼬치꼬치 캐지 말고 네 할 일이나 해. 알면 다쳐. 이제 가 봐."

말숙이를 바라보는 세시의 눈이 의혹으로 가늘어졌다.

"귀비 마마, 노빈손이라면 혹시… 저번에 불로초 사건을 일으키고 도주한 불한당이 아니옵니까?"

"어허— 알 거 없다니까 그러네."

이때 문밖에서 다른 환관이 부랴부랴 달려오더니 말숙이를 찾았다.

"귀비 마마—, 황제 폐하께서 급히 찾으십니다요."

"알았다, 나 같은 미녀는 어느 시대를 가나 편할 날이 없다니까. 내시, 편지 얘기 다른 사람한테 말하면 알지?"

마징가처럼 다부진 주먹을 말숙이 쥐어 보이자 세시는 역지로 고개를 주억거렸다. 말숙이는 재빨리 죽간을 비단 주머니에 넣어 벽처럼 보이게 위장한 장 속에 넣고 방을 나섰다. 그러나 그런 말숙이의 행동을 처음부터 놓치지 않고 지켜보는 눈이 있었다.

중국에서 가장 거대한 용

노빈손이 자금성을 빠져나와 천안문 광장으로 돌아와 보니 사마구 할아버지는 어느새 사람들에게 약을 팔고 있었다.

"자, 이유 없이 목이 바짝바짝 마르고 식은땀이 나시는 분, 이 약 한번 먹어 봐. 기적의 약물─ 마누라가 물로 봐서 열 받을 때 한 잔, 떠나간 임 그리워 눈물 나서 한 잔, 더운 여름 갈증에 목이 쩍쩍 갈라질 때 한 잔 하시면 이보다 더한 오아시스가 어디 있으랴. 자, 갈증해소 피로회복에 좋은 신비의 약물, 약 사세요 약─."

그새 옹기에 든 약을 팔고 있는 사마구 할아버지, 아무튼 저 장인정신마저 느껴지는 악착같은 세일즈 정신만은 길이 길이 기억될 만하다.

"할아버지, 그건 또 무슨 약이에요?"

"빈손이 왔냐? 막간을 이용해 간단한 비즈니스 좀 하고 있었지. 쉿, 약은 무슨… 실은 그냥 생수란다. 그건 그렇고, 어떻게 됐냐?"

내시라고 우습게 보지 마!

기원전 210년, 다섯 번째 순행 중 진시황이 세상을 떠났다. 시황제에게는 20여 명의 아들이 있었는데 시황제는 이들 중 장남 부소를 후계자로 정한다는 조서를 환관 조고에게 맡겼다. 그러나 앞으로 일어날 백성들의 봉기와 사회 혼란을 두려워한 당시의 재상 이사는 죽음을 비밀에 부치고 가짜 조서를 만들어 시황제의 막내아들 호해를 왕위에 앉힌다. 이후 환관 조고는 나라를 손안에 넣고 마음대로 움직였다.

"못 찾았어요. 아무래도 자금성은 아닌가 봐요."

"기운 내라. 너처럼 일생에 도움 안 되는 남자친구를 둔 말숙이가 운이 없는 거지. 누굴 탓하겠냐."

"정말 큰 위로가 돼요, 할아버지."

할아버지의 말 한마디 한마디가 노빈손의 가슴을 콕콕 찌르는 것만 같았다. 노빈손, 이 무능력한 녀석 같으니라고. 그래 가지고 진시황에게 납치된 말숙이를 구할 수 있겠어? 생각을 해야 한다, 생각을.

"병 속의 새. 중국에서 가장 큰 용…."

노빈손은 주문처럼 중얼거렸다. 도대체 이 둘 사이에 무슨 상관이 있다는 거지? 아무리 생각해도 모를 일이었다.

"이눔아, 아까부터 뭐라고 궁시렁대는 거야. 도대체가 정신이 없잖아, 정신이."

"저… 입구가 좁은 병 속에 든 새를 꺼내려면 어떻게 해야 할까요? 도무지 모르겠어요. 삼수법사님은 제가 이 문제를 풀 수 있을 때 중국에서 가장 큰 용을 찾을 수 있을 거라고 하셨거든요."

"그 땡중이 새를 꺼내라고 했다고? 어떡하긴 뭘 어떡해. 안 되면 되게 하라. 이런 말도 모르냐? 잘 봐라."

사마구 할아버지는 주위를 두리번거리다 생수가 든 옹기를 냅다 내던졌다.

"지금 뭐 하시는 거예요, 할아버지."

바닥에 부딪치며 산산조각 난 옹기그릇. 언제 들어갔는지 작은 나방 한 마리가 깨진 조각 사이에서 기어 나왔다.

퍼드득—

옹기 안에 오래 갇혀 있었는지 날개를 부비며 날아오르는 곤충.

"얼굴이 답답하게 생겼다고 생각도 답답하게 할 필요 있냐? 뭘 그리 어렵게 생각해. 병을 깨 버리면 그만이지."

할아버지의 말이 노빈손의 가슴을 때리는 듯했다.

'깨진 병…. 병을 깨라… 생각의 틀. 그래, 난 지금껏 병 속에 갇힌 새처럼 내 생각의 틀 안에 갇혀 있었어!'

정신이 번쩍 났다.

'내가 아는 용이 아니라 어쩌면 다른 모습을 하고 있는 용일지도 몰라. 왜 그 생각을 못 했을까?'

"잠깐, 우리는 지금까지 용이라고 해서 용모습을 한 진짜 용들만 찾아다니고 있었잖아요. 그런데 그 용이 그 용이 아닐 수도 있지 않을까요? 예를 들면 좀더 함축적인 의미를 담고 있는 무엇이 아닐까요? 가령…."

"가령?"

"왜 황제의 얼굴을 용안이라고 하잖아요. 하지만 황제가 용처럼 생겼다는 게 말이 되냐구요. 그냥 좋은 걸 갖다 붙인 거지. 그런 식으로 중국에서 가장 큰 용이라는 것도 실은 용이 아니라 용같이 신비롭고 위대한 무언가를 상징하는 것일 수 있다는 말이죠."

깨달음의 순간, 머릿속이 거짓말처럼 고요해졌다.

"그러니까 그게 뭘 뜻하는 거냐고. 숨넘어가겠다. 어서 말
해 봐, 이놈아."

노빈손은 대답 대신 환한 표정으로 자신 있게 손을 쭉 뻗
어 어딘가를 가리켰다. 손가락 끝엔 중국 전역을 휘감고 있
는 거대한 용이 금방이라도 승천할 듯 꿈틀거리고 있었다.
노빈손의 손가락 끝을 따라 시선을 옮긴 사마구 할아버지의
눈이 순간 왕방울 만해졌다.

"마, 만리장성?!"

여의주 마을의 전설

뚜둥—

"자 여기가 바로 만리장성이다."

"히야, 정말 듣던 대로 끝이 보이지 않게 웅장하네요~."

용트림을 하듯 산등성이를 따라 구불거리는 만리장성을
보고 있자니, 정말 한 마리의 커다란 용이 대지를 감싸고 내
려앉은 듯한 형국이었다.

"잠깐, 우리가 여기서 이렇게 감탄만 하고 있을 때가 아니
지. 중국에서 가장 큰 용이 만리장성이라는 걸 알아내기는

했는데 도대체 여의주는 어디 있는 거지?"

"그러게 말예요. 어째 산 넘어 산이네요."

주변을 둘러보던 할아버지가 갑자기 눈을 동그랗게 뜨더니 외쳤다.

"어, 저기 살아 있는 용이닷!"

"에이, 안 믿어요."

"저길 봐. 진짜라니까 이 녀석아. 속고만 살았냐? 용이 춤을 추고 있잖냐, 봐라."

노빈손이 돌아보니 종이로 만든 화려한 등을 든 사람들의 행렬과 함께 거대한 용의 탈을 쓴 사람들이 팀을 이루어 용춤을 추고 있었다. 머리를 높이 치켜들고 하늘로 승천하는가 하면 아래로 내려앉아, 파도처럼 비늘을 일렁이는 듯한 화려한 용들이 성기고 흩어지며 만들어 내는 모습이 장관이었다.

"그러고 보니 오늘이 벌써 춘절(春節)이구나. 그동안 하도 많은 일이 벌어지는 바람에 새해가 온 줄도 몰랐네. 춘절은 중국에서 가장 큰 명절 중 하나란다. 한국으로 치면 설날쯤 되지."

구불구불 용춤을 추는 사람들은 만리장성 인근에 위치한 조그만 마을에 멈춰 한바탕 얼후, 소나 등의 악기를 연주하며 다시 한번 질펀하게 판을 벌일 모양이었다.

"잠깐 저게 뭐죠?"

"뭐, 뭐 말이냐?"

만리장성 저편으로 뭔가 동그란 것이 눈에 띄었다.

"새둥지냐?"

"아뇨, 새둥지처럼 작고 동그란 것이 구슬… 아니, 여의주
처럼 생겼어요. 자세히 보니 만리장성 끝 쪽에 위치한 마을
인데요? 어, 그래요. 영락없이 용이 여의주를 물고 있는 모양
이에요. 게다가 팻말을 좀 보세요. 마을 이름도 용주골(龍珠
흘 : 용의 구슬 마을), 저 마을이 틀림없어요."

마을을 병풍처럼 둘러싼 돌산의 절벽에 신기하게도 구슬이
떡 하니 박혀 있었다. 햇살에 반짝이는 구슬은 나 가져가라~
하고 노빈손에게 재촉하는 것 같았다.

"얏호! 드디어 구슬을 찾았다! 얼른 가서 빼와야지!"

신이 난 빈손이 절벽을 향해 달려가려는 찰나, 노빈손의
행동을 수상히 여긴 마을 사람이 뒤에서 덜미를 잡았다.

"지금 뭐하는 중이슈?"

"저 구슬을 가져가려구요."

"뭐? 구슬을 가져간다구? 이봐요, 마을 사람들! 이놈이 우
리 구슬을 가져간다네!"

마을을 울리던 흥겨운 음악소리가 일순간에 멎었고, 마을
사람들이 웅성거리며 모여들기 시작했다.

"세상에, 구슬을 가져간다고라고라?"

"뭐시라? 감히 누구 허락도 없이 마을 대대로 내려오는 귀

음악이 빠질 수야 없지
원시시대 때 이미 악기
가 출현한 중국에는 아
직까지 수많은 전통악기
와 아름다운 곡들이 남
아 있다. 중국의 전통악
기는 피리처럼 부는 관
악기, 아쟁처럼 켜는 현
악기, 가야금처럼 뜯는
현악기, 두드리는 타악
기 이렇게 크게 4종류로
나뉜다. 중국음악은 우
리나라의 국악에도 크게
영향을 미쳤다.

한 구슬을 가져간다는 거야?"

마을의 대표로 보이는 듯한 남자가 노빈손과 할아버지 앞에 척 나섰다.

"댁은 또 누구슈?"

"난 이 마을 이장 한비자(韓非子)요."

한비자라면 진나라 때 진시황에 의해 처형당한 법가 철학자로 알고 있는데, 이 마을 이장님은 철학과는 거리가 좀 있어 보였다.

"우리 마을 구슬에 볼일이 있다고 했소?"

"그게, 저희는 중국에서 가장 큰 용의 여의주를 구하기 위해 먼 곳에서 온 나그네들입니다. 쓰고 다시 갖다 놓을 테니 제발 저희에게 저 구슬을 빌려 주십시오."

"음…."

한비자 이장은 뭔가를 골똘히 생각하는가 싶더니 이윽고 입을 열었다.

"이 귀한 구슬을 그냥 내줄 수는 없소. 다만 우리가 부탁하는 일을 해결해 준다면 빌려 가도 좋습니다. 그렇지 않고는 국물도 없을 것이오."

"얏호, 우리가 드디어 구슬을 구했어요!"

벌써 구슬을 손에 넣기라도 한 것처럼 호들갑을 떠는 노빈손을 사마구 할아버지가 한심하게 쳐다봤다.

"내가 볼 땐 아직인 것 같은데…."

“참, 그렇지. 부탁이라고 하셨죠? 무슨 부탁인데요?”

“사실 우리 마을은 두부 만드는 일을 대대로 해 오고 있소. 그런데 몇 해 전부터 윗마을이 물을 독점하고 비싼 물세를 물리는 바람에 이래저래 빚은 쌓여만 가고 지금은 카드 돌려 막기로 위태롭게 버티고 있지만 언제 신용불량자가 될지 모르는 판국이오. 내가 카드깡으로 밀고 나가서 담판을 지을까도 생각했지만 워낙 막무가내인 녀석들이라. 별 방법을 다 써 봤지만 카드캡터체리가 도와주지 않는 이상 어림도 없을 듯하고, 사람들은 모두 실의에 빠져 카드놀이 같은 도박에 빠져 있는 형국이외다. 우리를 도와주시겠소? 그럼 무이자 무담보로 구슬을 빌려드리리다.”

“그래요? 그럼 제가 나서 볼게요. 할아버지, 잘됐죠? 구슬도 구하고 어려운 사람들도 구하고.”

희망찬 노빈손의 말과는 대조적으로 사마구 할아버지의 반응은 시큰둥했다.

“그래. 잘됐네. 잘하면 구슬도 못 구하고 어려운 사람들 더 어려워질 수도 있겠다.”

꺅꺅 끽 끽이이 끽—

“그래, 오공아. 나도 걱정된다.”

두부로 만리장성 쌓기

윗마을은 용주골과는 달리 너른 저수지와 계곡 물이 넘쳐나는 기름진 땅이었다. 나무들은 싱싱한 물을 먹고 자란 덕분에 금방이라도 초록색 물이 뚝뚝 떨어질 것 같은 잎사귀를 풍성하게 두르고 있었으며, 바닥이 다 보일 만큼 맑은 물속을 헤엄치는 물고기의 지느러미가 나비 날개처럼 나풀거리고 있었다.

"저, 저기…."

"웬 녀석이냐?"

"저, 아랫마을 용주골에서 왔는데요."

"용주골에서? 못 보던 녀석인데?"

"이장님을 대신해서 마을 대표로 온 노빈손이라고 합니다."

"그래? 난 청계촌(淸溪村 : 맑은 개울 마을) 마을의 넘버 투, 소동파(蘇東坡)라고 한다. 따라오너라."

청계촌 이장이 미소로 반겨 주기를 기대한 건 아니었지만 그의 구겨진 얼굴을 보자, 저절로 주눅이 드는 것이 몸이 점점 작아져 마치 난쟁이가 된 것 같았다. 긴 침묵 끝에 험악한 인상의 청계촌 이장이 입을 열었다.

"난 청계촌 마을 이장, 인상파(印象派)다. 넌 누구냐?"

"아랫마을 용주골 이장 한비자가 보내서 왔답니다요, 이장님. 그것도 빈 손으로요."

"소동파, 넌 좀 가만 있어. 어이, 너 대답해 봐. 여기 왜 왔
다고?"

노빈손은 험악한 인상의 인상파 앞에서 잔뜩 겁먹은 목소
리로 말했다.

"그러니까… 용주골 이장님의 부탁으로 왔습니다."

"아, 그러니까 용주골 이장 부탁으로 여기까지 왔다? 이것
들이 사람을 얼마나 우습게 보면 연두부처럼 흐물거리는 녀
석을 보낸 거야? 내 이것들을 그냥—."

인상파가 버럭 소리를 지르자 소동파가 자동적으로 벌떡
일어나 몸을 풀기 시작했다. 노빈손은 더욱 주눅이 들어 어
깨가 움츠러들었다.

"저, 제가 용주골 이장님의 얘기를 들어 봤는데요, 물세를
그렇게 과도하게 부과하면 용주골 사람들은 더 이상 두부를
만들지 못합니다."

"그래서?"

"그래서 물세를 낮춰 주셨으면 합니다."

"그래서?"

"그래서 두 마을이 잘 살아 보자는 거죠. 하.하."

"그래서?"

"네? 그래서요? 그래서… 저….'"

이거 대화의 기본자세가 안 된 사람이네.

노빈손은 슬슬 식은땀이 나기 시작했다.

소동파는 문학적으로도
칭송받았지만 뛰어난 미
각을 가졌다. 식신의 경
지에 올랐다고 할 만큼
음식에 조예가 깊었을
뿐만 아니라 음식을 소
재로 많은 시를 남겼다.
소동파는 또한 황주의
돼지고기를 이용해 동파
육이라는 요리를 개발,
대중화시키는 데도 성공
한다. 이로 인해 가난한
황주 사람들의 삶이 윤
택해졌다고 하니 중국의
장금이구려.

"원래 우리 마을이 용주골보다 잘 살았다고. 그런데 용주골 사람들이 우리 물로 두부를 만들어 팔더니만 우리 마을보다 더 부자가 됐지. 그러니 그렇게 돈을 많이 벌었으면 없는 사람에게도 나눠 주는 게 당연한 거 아냐? 안 그래?"

"그래도 돈은 정당하게 일해서 벌어야죠, 겁을 줘서 다른 사람의 노동 대가를 착취하면 상도덕에 어긋나는…."

"상도? 난 무식해서 그런 거 잘 몰라. 어쨌든 좋게 말로 할 때 애들은 가라, 잉? 다치기 전에."

인상파의 인상적인 한마디에 사마구 할아버지가 발끈했다.

"내가 어디로 봐서 애들이냐. 니들은 어미 애비도 없냐?"

"할아버지도 곱게 보내 줄 때 가세요, 예?"

듣던 대로 막무가내인 인상파였다. 그때 한쪽에서 몸을 풀던 소동파가 끼어들더니 90도로 허리를 숙이며 건들거렸다.

"형님, 제가 지금 당장 용주골에 달려가 소동을 좀 피울까요?"

형님이라면, 이 사람들 혹시 조…폭!? 노빈손의 얼굴이 순간 경직되었다.

"형님이 아니라 이장님이라고 불러라. 그러니까 남들이 널 삼류, 넘버 쓰리라고 하는 거야. 사람들이 들으면 우릴 뭐라고 생각하겠냐."

소동파는 삼류라는 인상파의 말에 뒤로 넘어갈 듯 흥분하기 시작했다.

"형님, 아니 이장님. 누가 감히 절 보고 삼류라고 한답니까. 전 넘버 쓰리가 아니라 넘버 투라고 누누이…."

"시끄러. 정신 사나우니까 넌 잠깐 빠져 봐. 지금 이 사태에 대해 잠시 생각 좀 해보고…."

노빈손은 물론이고 아까까지만 해도 기세등등하던 사마구 할아버지도 금세 기가 죽었다. 노빈손은 정말 살 떨리게 무서웠지만 불의를 참으면 사나이가 아니라는 생각이 들어 불끈 쥔 두 손이 바르르 떨렸다. 그 모습을 본 사마구 할아버지가 노빈손의 손을 꼭 잡으며 말렸다.

"빈손아, 참아라. 불의를 보고 잘 참아야 그게 어른이다. 날 봐라, 얼마나 참을성이 많냐."

"어휴, 할아버진 다른 땐 참을성이 없으시면서 유독 불의만 잘 참으시네요. 저마저 그럴 수는 없다구요."

홉— 심호흡을 한 후 노빈손은 인상파의 얼굴을 정면으로 쳐다보았다.

"전 용주골 대표로 온 겁니다. 그리고 어린애도 아니구요." 예상치 못한 말대답에 인상파의 인상이 한층 더 구겨졌다. 이렇게 된 이상 더 이상 물러설 곳이 없었다. 만일 여기서 물러선다면 말숙이를 구할 수 있는 길은 더 멀어질 테니까. 노빈손의 머릿속에는 한시라도 빨리 말숙이를 구해야 한다는, 오직 그 생각밖에 없었다. 하지만 시간이 갈수록 인상파의 인상이 펴지기는커녕 점점 더 험악해져 갔다.

누가 만리장성을 쌓았을까?

만리장성은 험준한 산등성이를 따라 성벽이 구불구불 이어져 있는데, 그런 만리장성을 보고 있노라면 고대 중국인들의 축조기술에 절로 감탄이 나온다. 하지만 사실 만리장성을 쌓은 사람은 진시황이 아니라 따로 있다. 진나라가 세워지기 전인 전국시대, 중국이 '7웅'이라는 대국 7개로 나누어져 있을 때 그들 나라가 각각 자신들이 생각하는 국경선에 장성을 둘러쌓았다. 중국 천하를 통일한 진시황은 각국의 장성을 서로 연결해 보강한 것뿐이다.

"하하, 얘가 좀 흥분을 잘해서. 잘 생각해 보면 모두 잘 지낼 수 있는 방법이 있을 거요. 그러니까… 그게…."

노빈손의 돌발 행동에 놀란 사마구 할아버지가 어색한 미소를 띠면서 더듬거리며 횡설수설하자 인상파의 얼굴이 빈틈없이 구겨졌다.

이때 소동파가 인상파의 귀에 무언가를 속삭였다. 순간, 번데기처럼 구겨졌던 인상파의 얼굴이 다리미로 다린 듯 확 펴졌다.

"좋아. 우리 재밌는 게임 하나 할까? 내일까지 만리장성 무너진 곳을 보기 좋게 수리해 놔. 그럼 내가 앞으로 쭈욱~ 물세 안 받을 테니까."

“만리장성이요? 좋아요. 하겠어요.”

“단, 두부로.”

노빈손은 순간 자신의 귀를 의심했다.

“두, 두부로요?”

“그래, 두부. 너희 동네 두부 많잖아. 왜, 싫어?”

“아, 아뇨. 할게요, 해요.”

“그래? 그럼 내일 오전까지 만리장성의 허물어진 부분을 두부로 다 쌓는 거다. 그럼 부탁을 들어주지. 하지만 못 해내면 용주골은 물세를 평소의 곱절로 내는 거야. 알겠어?”

어째 혹 떼려다 혹 붙인 격이다.

“이거, 내일이 아주 기대되는데, 훗—.”

울상이 된 노빈손과는 달리, 인상파의 얼굴에는 보일 듯 말 듯한 미소가 스쳤다.

마지막 히든카드

노빈손과 할아버지가 다시 용주골로 돌아왔을 때, 마을 사람들은 한 명도 자리를 뜨지 않고 그들을 기다리고 있었다.

“어, 어떻게 됐느냐? 일은 잘됐어?”

“그게, 저… 되긴 됐는데요.”

“와아 — 물세를 내지 않아도 된단다. 와와 —.”

기뻐하는 마을 사람들 앞에서 차마 입을 떼지 못하고 있는데 사마구 할아버지가 그런 노빈손을 어깨로 툭 쳤다.

"뭐야, 그게 다가 아니잖아. 어서 다 털어봐."

노빈손은 잠시 주저하다 간신히 입을 열어 자초지종을 설명했다.

"그, 그게… 두부로 만리장성을 쌓으면 물세를 없애 준댔어요. 자, 잘됐죠?"

"두부로 뭘 쌓아? 아니 두부끼리 포개어만 놔도 부서지는데, 그런 두부로 뭘 어떻게 하라는 거야?"

"아이고, 우린 망했네 망했어."

"대체 뭘 믿고 저 특이하게 생긴 녀석을 보낸 거야, 응?"

환호성을 보내던 마을 사람들은 금세 싸늘하게 돌아섰다. 참으려고 애썼지만 차가워진 마을 사람들의 눈과 마주하자 눈물이 핑 돌았다.

"조용히 해, 이 사람들아. 무서워 벌벌 떨면서 나서지도 못하고 어린애나 대신 내보낸 주제에 무슨 할 말들이 많아. 다들 나잇값 좀 하라구!"

평소에도 그렇게 소리만 지르던 사마구 할아버지가 오늘도 역시 소리를 질렀다. 그러나 이번엔 노빈손한테가 아니라 노빈손을 위해서. 아는 사람 하나 없는 막막한 중국대륙에서 그래도 혼자가 아니라는 생각에 노빈손의 가슴은 따뜻해졌다.

사나이 가는 길에 실패는 있어도 좌절은 없는 법. 이대로 포기할 수는 없었다. 노빈손은 두부를 이리저리 쌓아도 보고 요리조리 굴려도 보고 본드로 붙여도 봤지만, 두부는 어김없이 부서져 버렸다.

"잘 돼가냐?"

"아뇨, 할아버지. 생각대로 안 되는 것 같아요. 두부가 이렇게 흐물흐물한지 오늘 새삼 알았어요."

"그럼, 흐물흐물하니까 두부지 딴딴하면 그게 두부냐, 돌멩이지."

"정말 두부가 돌멩이처럼 단단했으면 좋겠어요. 그렇다면 쌓는 건 일도 아닐 텐데…. 잠깐, 돌멩이처럼 단단하게? 그래, 바로 그거야! 할아버지, 두부를 돌멩이처럼 단단하게 만들 수 있는 방법이 없을까요?"

"글쎄다, 기름에 부치는 건 어떠냐? 아니면 얼리는 건?"

"아이 참, 무슨 두부전 부칠 일 있어요, 기름에 부치다니. 가만, 얼린다구요? 그래, 얼린다. 얼리면 돌처럼 딱딱해져 쌓아 올릴 수 있을 거예요. 액체질소 같은 급속 냉각제가 있으면 좋으련만…. 하지만, 그걸 어디서 구하지?"

낙담한 노빈손을 보며 사마구 할아버지가 조심스럽게 입을 열었다.

"정말 그것만 있으면 되냐?"

할아버지는 비가 오나 눈이 오나 항상 가지고 있던 괴나리

그대로 멈춰라, 급속 냉매제

액화질소는 질소를 액화한 상태로서 대기압력하에서 -196℃의 액체로 존재한다. 초저온 액체라는 성질과 특징을 이용해 화학, 철강, 전자공업 등 그 이용범위가 증가하고 있다. 또한 식품공학에서는 식품을 안전하게 보관하는 냉동용으로도 사용된다. 액화질소의 온도 정도면 두부뿐 아니라 풍선도 순간적으로 얼려 깨 버릴 수 있다고.

봇짐을 열어 뒤적이더니 뭔가를 꺼내 턱— 하니 노빈손 앞에
놓았다.

"자, 여기 있다."

"이 통은 뭐예요?"

"액체질소가 든 통이다."

"예? 할아버지가 왜 이걸….'

"전에 잠깐 냉동창고 회사에서 일할 때 챙겨 뒀지. 액체질
소에다 약재료를 넣어 가지고 다니면 유통기한보다 몇 배나
더 오래 사용할 수 있거든. 쉿— 이건 비밀이다만, 십 년 된
재료를 지금까지 쓰고 있단다. 다 이놈 덕분이지. 핫핫핫."

새삼 감탄, 또 감탄할 뿐이었다.

"정말 안 가지고 다니는 물건이 없으시네요, 할아버지."

"왜 또, 유통기한 안 지킨다고 잔소리 하려고 그러냐?"

"아뇨, 할아버지 너무 멋져요~~."

황토에 약간 물을 섞어
서 점토 세공을 하듯 주
물러 틀에 넣어 굳힌 후
에 그것을 햇볕 좋은 날
말리면 만리장성을 쌓는
데 필요한 벽돌 완성!
비가 적게 오는 지방에
서는 햇볕에 말리지 않
은 상태에서 사용하기도
한다.
이 벽돌을 불에 구운 것
을 '전(塼)'이라 하는
데, 흔히 볼 수 있는 붉
은 벽돌이 아닌 어두운
회색을 띠고 있다.

벽돌이야 두부야?

짜잔—

　머리를 각두기처럼 깎은, 검정옷을 입은 수상한 사내들이
식전 댓바람부터 용주골에 나타났다. 그리고 그 사내들 정중
앙에 청계촌의 이장 인상파가 콕 박혀, 인상에 안 어울리게

키득거리고 있었다.

"아직까지 안 쌓은 걸 보면 포기한다는 얘긴가? 하긴 용주골 사람들은 뇌가 순두부로 되어 있다면서? 그 머리에 두부로 만리장성을 쌓는 건 좀 무리겠지만 말야. 키키키."

"천만에요. 우리가 만리장성을 안 쌓은 건 뭐 별로 힘든 일도 아니고 오래 걸리지도 않아서 아직 시작을 안 한 것 뿐이에요. 자 이제 슬슬 쌓아 볼까요?"

두부가 담긴 시루를 들고 마을 사람들이 한 사람씩 앞으로 나오자, 노빈손은 조심스럽게 두부를 잘라 한 모씩 액체질소에 넣었다가 빼냈다. 부드러운 두부는 마술처럼 금세 딱딱한 돌멩이가 되어 나왔다.

"액체질소는 영하 190도 이하로 존재한다구요. 그러니까 액체질소에다 두부를 넣으면 급속냉동이 되어 돌덩이처럼 굳어져서는 이렇게 벽돌처럼 쌓을 수 있게 되는 거지요."

노빈손의 설명을 듣는 사람들의 눈엔 감탄의 빛이 역력했다. 다들 한마음 한뜻으로 협력하여 두부를 차곡차곡 쌓아 올리기 시작했다. 단단하게 굳어진 두부는 서로 벽돌처럼 맞닿으면서 튼튼한 성벽을 구축해 나가고 있었다. 두 눈으로 보고도 눈앞에서 벌어지는 일을 믿지 못하는 인상파의 얼굴은 찌그러진 콜라캔처럼 구겨졌다.

짜잔—

그러거나 말거나 어쨌든 두부로 만리장성이 멋지게 쌓아

만리장성이 달에서도 보이나요?
결론부터 말하자면 절대 안 보인다. 지구와 달 사이의 거리는 무려 38만 4,400여km. 달에 착륙했던 우주인들에 의하면 육안으로는 지구상의 그 어떤 인공 구조물도 볼 수 없다고 한다. 나사(NASA, 미항공우주국) 관계자들은 만나는 사람마다 이 질문을 하는 탓에 골치가 아플 지경이라고 한다. 달에서 보는 지구는 지구에서 보는 달보다 지름이 3.7배 정도 더 큰 쟁반처럼 보인다.

졌다. 용주골 사람들은 기쁨의 환호성을 질렀다.

"자, 봐요. 두.부.로. 만리장성을 쌓았죠?"

"이, 이럴 수가. 대단하다. 이런 마법은 태어나서 처음 보는걸."

"헤헤, 이건 마법이 아니라 과학이에요, 과학. 자 약속은 지키셔야죠. 이 많은 사람들이 증인이니까요."

할 수 없이 고개를 주억거리는 인상파는 아직까지도 뭔가 잔뜩 분한 표정이었다. 소동파는 너무 놀라 감히 소동을 피울 생각도 못 하는 듯싶었다. 그때 노빈손이 말을 꺼냈다.

"그 대신 용주골 분들도 조금만 양보해 주세요. 제 생각엔 용주골에서 두부를 만들고, 그걸 운반하는 일은 청계촌 마을 분들이 하시는 게 좋을 것 같은데. 그렇게 되면 수입도 어느 정도 분배가 될 테니까요. 안 그래요?"

용주골 이장 한비자가 먼저 입을 열었다.

"음… 운반하는 일이라면 우리도 좀 힘들었는데, 그래준다면야…."

청계촌 이장 인상파도 인상을 누그러뜨리며 대답했다.

"우리도 그 일을 하고 돈을 받을 수 있다면야…."

"그럼 다 잘 해결된 셈 아닌가요?"

용주골 사람들과 인상파 무리들은 모두 환호성을 지르며 기뻐했다. 오랜 반목이 끝나고 마침내 두 마을에 평화가 찾아온 것이다. 노빈손도 마을 사람들과 같이 어우러져 기뻐해

주었다. 이 광경을 인상을 쓰며 감상하고 있던 인상파가 혼자 중얼거렸다.

"저 특이하게 생긴 녀석 말야, 왠지 자꾸 정이 가는데―."

황금실로 꿴 용의 구슬

떠날 채비를 마친 노빈손 일행이 마중하러 나온 용주골 마을 사람들에게 둘러싸였다.

"자, 이제 약속대로 구슬을 빌려 주십시오."

그러자 이장 한비자는 난처한 표정으로 말끝을 흐렸다.

"그, 그게 말이야. 빌려 주는 건 문제가 아닌데 말야. 내가 사실 너한테 말하지 않은 것이 하나 있다. 그동안 우리 마을에는 저 용의 구슬을 탐내는 자들이 많이 왔었단다. 다들 구슬을 손에 넣기 위해 안간힘을 썼지만 손끝 하나도 댈 수 없었지."

"아니 왜요?"

"우리 마을 대대로 전해 내려오는 전설에 의하면 황금실로 구슬을 꿸 수 있는 자만이 구슬을 만질 수 있다고 하거든. 안 그러면 큰 재앙이 이 마을에도, 또 구슬을 만진 사람에게도 닥친다는 거야."

"황금실이요?"

있을 때 잘하지
한비자의 저서를 본 진시황은 "이 책이야말로 내가 기다리던 것이다. 이 사람을 만날 수만 있다면 죽어도 한이 없다"고 말했다. 진나라가 한나라를 공격하자 한나라는 한비자를 사신으로 보내왔다. 하지만 진시황이 자신보다 한비자를 더 신임할 것을 두려워한 재상 이사의 음모로 한비자는 죽음을 맞는다. 그의 죽음을 듣고 눈물을 흘렸다는 진시황. 있을 때 잘하지― 이 말, 세기를 초월한 명언이라니까.

산 너머 산이라더니. 우여곡절 끝에 구슬을 좀 만져 보려
는 노빈손 앞에 또다시 황금실의 전설이라는 거대한 산이 나
타난 것이다. 이때 사마구 할아버지가 앞으로 척 나섰다.

"잠깐, 방금 황금실이라고 했수?"

"네, 그렇습니다만…."

"황금실이라면… 실에 황금색 페인트라도 칠할까?"

"할아버지, 그런 속임수를 썼다가 정말 재앙이 닥치면 어
쩌려구요."

"아니면 말구. 성질은…. 그럼 어쩔 셈이냐?"

노빈손은 실의에 젖어 아무것도 할 수 없었다. 빨리 구슬
을 손에 넣고 지하궁으로 돌아가 말숙이를 구해야 하는데 바
로 눈앞에 구슬을 두고도 아무것도 할 수 없다니. 어깨가 축
처진 노빈손은 구슬이 박힌 절벽을 바라보며 땅이 꺼지도록
푹푹 한숨만 쉬었다.

끼이익 꺄꺄꺄꺅 —

"조용히 하거라, 오공아."

"오공이가 뭐래요?"

"너처럼 그렇게 슬픈 표정을 짓는 원숭이는 처음 봤단다."

"제발 전 원숭이가 아니라고 말 좀 해 주세요. 너 자꾸 그
러면 혼내 줄 테다."

끼이익 끼이익 —

"뭐래요?"

"너처럼 성질 나쁜 원숭이는 처음이란다."

"으휴, 저걸 그냥….'

쿵쾅쿵쾅―

원숭이를 잡기 위해서 이리 뛰고 저리 뛰는 노빈손, 하지만
잡힐 듯하면서도 이리저리 잘도 빠져나가는 오공이. 와락―
잡았다고 느낀 순간 날렵하게 오공이는 빠져나가 버렸다. 노
빈손의 손안에는 오공이의 털만 한 줌 남았을 뿐이었다.

"꺼이꺼이, 되는 일이 없으려니까 원숭이마저 날 우습게보
네…. 말숙아, 난 어쩌면 좋으냐~."

하늘을 보며 절규하는 노빈손, 그때 사마구 할아버지의 표
정이 변했다.

"거기 가만 있거라."

"왜요?"

"네 손에 황금실이 있잖니."

"황금실이요?"

"그래. 오공이가 금사후, 바로 황금털(金絲)을 가진 원숭
이가 아니겠니. 그러니까 오공이 털이 황금실이지."

그랬다. 손안에는 황금색 실인 듯 오공이의 털이 번쩍번쩍
빛을 발하고 있었다. 사마구 할아버지는 그 모습을 보더니
수염을 쓰다듬으며 빙그레 미소를 지었다.

"어때, 이 할애비가 한 건 크게 했쟈?"

오공이는 할아버지의 말이 끝나자마자 훌쩍 나무로 뛰어

올라가기 시작했다. 아슬아슬한 절벽을 기어올라 마침내 꼭대기에 다다른 녀석은 가볍게 구슬을 손에 넣었다. 오공이의 활약에 너무도 기뻐 노빈손과 할아버지는 절벽 아래에서 덩실덩실 춤을 추었다. 함께 지켜보던 용주골 사람들 사이에서는 놀라움의 파도가 일었다.

"야, 황금실로 구슬을 꿰었다."

"저 원숭이, 아니 저 청년이 큰일 낼 줄 알았다니까."

"누가 아니래."

이때 사마구 할아버지가 얼른 모자를 들고 웅성거리는 군중 한가운데로 들어갔다.

"자, 도대체 누가 사람이고 누가 원숭이인가. 사람을 닮은

원숭이와 원숭이를 닮은 사람이 펼치는 원숭이쇼! 재밌으셨
죠? 자자, 구경하신 분들은 모자를 돌릴 테니 성의를 표하시
기 바랍니다."

0을 발견한 건 인도인,
사용한 건 중국인
정신적 가치를 중시하
는 인도는 세계에서 제
일 먼저 '0'의 존재를
발견했다. 하지만 인도
인들에게 0은 단지 비어
있음을 나타내는 소극
적인 개념이었던 데 반
해, 중국인들은 이 0을
숫자로 인정하여 일상
생활에서 실용적으로
사용했다.

큰 집 사람들 :
황제, 궁녀, 환관의 생활 엿보기

자주색의 금지된 성

자주색의 금지된 성이라는 뜻을 지닌 자금성은 황제와 더불어 궁녀, 환관이 살던 황제의 집이다. 자금성은 세계 최대 규모의 궁궐로 성벽 높이만 10m나 되고 또 남북 길이가 961m, 동서 폭이 753m로 총 넓이가 723,633㎡에 달한다. 하늘의 천제가 살던 천궁에는 1만 칸의 방이 있다고 하는데, 황제는 지상의 천자이므로 그보다 한 칸이 적은 9,999칸까지 지을 수 있었다. 그래서 일반적으로 자금성에는 9,999칸의 방이 있다고 알려져 있으나, 실제로는 8,707칸의 방이 있다.

특이하게도 자금성에는 화장실이 없다. 황제, 황후, 후궁 등은 모두 요강을 사용했는데 특히 황제의 요강은 나무, 가죽, 도자기, 금, 은, 옥 등 여러 가지 재료로 다양하게 제작되었으며 용과 구름이 조각되어 있다고 한다. 요강 속에는 악취를 없애기 위해 향나무, 석탄 등을 넣었으며 황제는 화장지 대용으로 몇 겹의 비단을 사용했다.

자금성 앞 광장은 항상 관광객들로 붐빈다.

황제 이야기

중국의 황제는 유일하면서 가장 강한 존재이지만 동시에 가장 약하고 또 가장 고독한 존재이기도 했다. 이들은 라이벌에 의한 암살이 있지 않을까 하여 자금성의 높은 담벼락 안에서 가까운 가족, 친구, 신하까지도 믿지 못하고 평생 두려워하며 살았다.

특이하게도 자금성 안에는 나무가 없다. 이는 황제를 시해하려는 자객이 숨을 곳을 주지 않기 위함이다. 게다가 지하로 땅을 파고 들어오는 이들을 막기 위해 바닥에 40장 두께의 벽돌을 깔아서 나무를 심어도 자랄 수가 없었다.

용은 장수를 상징하는 4대 영물 중 하나로 봉황, 기린, 거북과 함께 중국인들 사이에서 널리 숭상되었다. 5개의 발톱을 가진 용은 중국 황제의 상징이기도 한데, 중국인들은 심지

곡부에 위치한
공자 사당의 용 문양 기둥

어 황제의 몸에 용의 피가 섞여 있다고 믿었다고 한다.

궁녀 이야기

궁녀는 내명부 소속의 후궁과 음식 · 바느질 · 의술 등을 맡아 하는 기술직 궁녀(애, 장금아~), 그리고 후궁 및 기술직 궁녀의 시중을 들고 빨래 등의 잡일을 담당하는 잡역직 궁녀 이렇게 세 분류로 나뉜다. 그 중에서도 후궁은 주로 전국에서 공개모집하는 방식으로 선발되었다. 요즘으로 치면 공채시험처럼 말이다.

당시 후궁 선발법은 현대의 미인대회보다 더 까다롭고 엄격했다고 한다. 모집공고가 난 후 전국에서 후궁이 되겠다고 몰려든 13-16세 사이의 소녀들 중 예선을 통과한 5,000명이 북경에 모여 1차, 2차, 3차, 4차 심사를 거쳐 300명만 남게 된다. 이후 이들은 한 달간 자금성에 머물면서 오늘날의 인턴처럼 일을 하다가 그 과정에서 최종적으로 50명만 합격되고 250명은 집으로 돌아가야 했다. 당시로선 1,000:1이 넘는 어마어마한 경쟁률이었던 셈이다.

환관 이야기

환관은 황제의 가장 가까이에 있으면서 황제를 직접 보필하는 신하로, 나중에는 황제보다 더한 권력을 휘두른 환관도 등장했다. 그러나 권력과 부를 챙긴 극소수의 환관을 제외하고 대다수의 환관들은 궁궐 청소, 심부

름, 물당번, 불당번, 부엌 막일, 정원일 등의 막일을 하며 어린 황제나 황자들의 놀이상대가 되어 주기도 했다. 환관의 수는 대략 1만 명인데, 많을 땐(명나라) 10만 명까지 이르렀다.

고대 중국에는 다섯 가지 형벌이 있었다. 사형(이게 뭔지 모르는 사람은 없겠지), 궁형(생식기를 거세하는 형벌), 월형(발뒤꿈치를 자르는 형벌), 의형(코를 베는 형벌), 경형(얼굴·팔뚝 등의 살을 따고 홈을 내어 죄명을 찍어 넣는 형벌)을 5형이라 한다. 이 중에서 궁형은 생식기를 거세하여 자식을 낳을 수 없게 했으므로 당시에는 사형보다 더 치욕스럽게 여겼다. 중국의 왕궁에서는 궁형에 처한 남자를 환관으로 채용했다.

엽전에 숨은 이치

"말숙아아아—."

노빈손은 진시황의 지하궁에 들어서자마자 말숙이의 이름을 힘껏 불렀다. 얼마나 어렵게 이 자리에 왔는지, 그리고 좀 더 빨리 오지 못해 얼마나 미안한지.

"말숙아, 나야 나. 내가 왔어. 우리가 용의 여의주를 가지고 돌아왔다구…. 어라?"

하지만 반가운 마음은 곧 두 배의 황당함으로 바뀌고야 말았다.

"빈손아 왜 그러냐? 갑자기 왜 꿀 먹은 벙어리야? 말숙이를 구하게 됐다고 정신없이 촐싹대더니 혹시 심장마비라도 걸렸더냐, 왜 그러는데…. 얼레?"

휘이잉—

아무것도 없었다. 지하를 가득 채웠던 진시황의 지하세계는 흔적도 없이 사라졌다. 진시황도 병마용도 마차도 말숙이도 모두가 한순간의 마법처럼 사라진 것이다.

"어, 어떻게 된 거죠? 진시황도 말숙이도… 흔적조차 없어요. 제가 그동안 꿈을 꾼 걸까요?"

사마구 할아버지의 주특기인 꿀밤이 여지없이 날아왔다.

"아얏, 왜 때려요."

"꿈을 듀엣으로 꾸는 경우도 있냐. 정신차려, 이눔아. 그눔

206

에 진시황이 어디로 튀었나 본데 잡아야 할 것 아녀.”

사마구 할아버지는 언제나처럼 뭐 집어먹을 거 없나 하고 주변을 살피다가 외쳤다.

“어, 빈손아 여기 봐라. 뭔가 있는데…. 이게 한쪽에 버려져 있네. 웬 그릇들이지? 게다가 찻잔이 아직도 따뜻해. 그리고 붕어빵 틀 같은 것도 땅에 묻혀 있는데.”

전부 사라졌다고 생각했는데 자세히 살펴보니 급하게 물건들을 땅에 묻은 흔적이 보였다.

“진시황이 풀빵 마니아인가 보다. 내 80 평생에 이렇게 큰 풀빵 기계는 처음 본다.”

“게다가 사람 모양이에요. 무엇에 쓰는 물건인고?”

모양은 둘째 치고 노빈손은 풀빵 기계의 규모에 놀라움을 금치 못했다. 역시 중국에 오니 모든 게 다 큼직큼직한 것이, 풀빵도 사람만하구나.

할아버지는 기대를 가지고 여기저기를 나무 지팡이로 쑤시고 들추며 뭔가를 찾아다녔다. 그러다가 돌기둥 옆에 꽂힌 돌돌 말린 죽간을 하나 발견했다.

“어? 이것 좀 봐라. 여기 죽간이 있구나.”

“할아버지는 뭐 찾아내는 덴 선수라니까요.”

노빈손에게

**내 이름
함부로 부르지 마!**
옛날 중국에서는 자신의 이름이 타인에게 알려지면 재앙이 덮친다고 믿었다. 게다가 타인의 본명을 입에 올리는 것은 실례라는 개념이 있었다. 뿐만 아니라 종이를 인형모양으로 잘라 저주하고 싶은 상대의 이름을 적어 바늘로 찌르면서 저주를 퍼붓기도 해, 사람들은 더더욱 자신의 이름을 사용하는 걸 기피했다.

“얼레? 이건 빈손이 네 앞으로 쓴 편지잖아? 혹시 말숙이가 보낸 연애편지일지도 몰라.”

뜻하지 않게 자신의 이름을 발견한 노빈손은 깜짝 놀라 편지를 읽어 달라고 할아버지를 졸랐다.

우리가 사라져서 놀랐지?

나다 나. 천상천하 유아독존 시황제. 네가 이곳으로 다시 돌아올 줄 알고 이렇게 글을 남긴다. 하지만 이미 늦었을걸. 네가 여길 다시 찾았을 때는 우린 이곳에 없을 테니까. 어때? 너보다 내가 한 수 위지? 어쨌든 네 여자친구는 내가 데려간다. 포기는 빠르면 빠를수록 좋지. 특히 나같이 위대한 인물이 라이벌일 때는 말이야. ㅋㅋㅋ~ 혹시나 해서 여기 노잣돈을 놓고 가니 이 돈을 가지고 내가 있는 곳으로 따라올 테면 따라와 봐. 뭐 이게 저승길 노잣돈이 될 수도 있지만 말야. ㅋㅋ~.
— 진시황 백 —

약 올리기라도 하듯 죽간 안에는 진시황 시대의 동전인 반량전이 한 닢 덩그러니 들어 있었다. 엽전을 움켜쥔 노빈손의 손은 분을 못 이겨 부르르 떨렸다. 하지만 사마구 할아버지의 생각은 달랐다.

“진시황, 보기보다 자상하네. 이렇게 용돈씩이나 남기다

공자와 제자백가(諸子百家)

노나라 출신인 공자는 15세에 학문에 뜻을 두고 30대 중반에 제나라 도읍으로 유학갔다가 귀국, 제자 육성에 힘을 기울였다. 그의 가르침을 수록한 것이 그 유명한 《논어》이다. 문하생만도 3천 명에 이르는데, 그의 후계자로는 유명한 맹자, 순자가 있다. 특히 순자의 가르침은 한비자에게 계승되었다. 공자의 가르침을 중심으로 하는 유가는 한때 중국 정치와 도덕의 중심이었다.

니. 빈손이 너 잘 모르나 본데 이것도 꽤 귀한 거야. 근데 너 안색이 왜 그 모양이냐?"

"분하니까 그렇죠. 말숙이를 구하기 위해 용의 여의주까지 힘들게 구해 다시 왔는데…."

"하지만 고생한 보람이 있어. 이건 옛날 동전이니까 값을 꽤나 쳐줄 거다. 이걸 팔아서 그동안 소홀했던 제약 사업에 밑거름으로 삼아야겠다."

생각에 빠진 노빈손의 눈 코 입이 한가운데로 쏠렸다.

"진시황이 편지를 쓸 위인이 아닌데…."

"누군 날 때부터 펜팔하며 태어났다든. 하도 심심하면 쓸 수도 있는 게지."

"아니에요. 이 안에는 뭔가 다른 의미가 들어 있다구요."

노빈손은 진시황이 남긴 엽전을 자세히 들여다보았다. 동그란 모양의 엽전은 가운데에 네모 모양의 구멍이 나 있어, 꼭 우리나라에서 십몇 년 전에 교통카드나 회수권 대신으로 썼던 토큰과 비슷한 모습이었다.

"엽전에 구멍 나겠다, 뭘 그리 뚫어져라 들여다봐? 참, 구멍은 원래 나 있었지."

할아버지는 노빈손에게 손바닥을 척 내밀었다.

"어디 그 엽전, 자세히 좀 보자."

"왜 이러세요."

"예끼 이 녀석, 날 그리도 못 믿냐? 사람이 꽃보다 아름답

쉽게 불타는 약, 꺼진 약도 다시 보자

화약을 제조할 때의 주된 원료인 유황과 초석은 사실 고대 중국에서는 귀중한 약재로 사용되었다. 그런데 유황과 초석, 그리고 목탄을 갈아 부드러운 분말로 만들어 그릇 속에 넣고 불로 달구면 큰 불이 발생한다는 것을 발견하게 된다. 사람들은 후에 이것을 무기로 사용하였다. 그래서 사람들은 쉽게 불이 붙는 이 약을 화약이라고 이름 붙였다.

다고 했거늘. 어여 내놓지 못해?"

노빈손이 마지못해 내놓은 엽전을 낚아채듯 뺏어 든 사마구 할아버지는 손바닥 위에 올려놓고 자세히 들여다보았다.

"음… 뭔가 생각이 날 듯 말 듯하면서…."

노빈손은 침을 꼴깍 삼키며 할아버지에게 바싹 다가섰다.

"뭔가 생각이 나세요?"

“음, … 안 나는군.”

치, 그럼 그렇지.

엽전을 들여다보니 동그란 원 안에 네모난 구멍이 뚫린 것이 뭔가 풀릴 듯 말 듯 알쏭달쏭한 모양새였다.

“동그란 원 안에 네모난 구멍이라… 옛날 중국사람들은 하늘은 원이요, 땅은 네모라고 생각한 적이 있긴 있다만.”

할아버지의 혼잣말에 노빈손은 눈을 동그랗게 떴다.

“그렇담 엽전의 동그라미와 네모가 하늘과 땅을 상징한다는 말씀이세요?”

“내가 그런 소릴 했냐? 언제 했지…. 하긴 나도 그러고 보면 부지불식간(不知不識間)에 꽤 멋진 소리를 한단 말이야. 자주 안 해서 그렇지….”

“그럼, 하늘의 상징과 땅의 상징을 모두 볼 수 있는 곳이 있을까요?”

뭔가 풀릴 듯 말 듯한 가는 실마리가 손에 잡힐 듯 말 듯했다. 조금만 더.

“하늘과 땅이라면…, 딱 한군데 있지.”

“거, 거기가 어딘데요?”

“바로… 천단.”

“천당요? 에이, 제 앞길이 구 만리 고속도로인데, 천당 가려면 멀었다구요.”

“이눔아, 천당이 아니라 하늘과 땅을 상징하는 곳. 바로 역

기원전 221년 진시황은 중국을 통일한 후 진나라에서만 사용하던 네모난 구멍이 뚫린 원형 동전을 전국에 유통시켰다. 반량전이라고 불린 이 동전은 가운데 구멍이 뚫려 사람들이 노끈으로 꿰어 다니기 편했다고 한다. 중국에서 가장 오래 유통된 화폐는 한나라 때의 '오주'로 무려 700년 동안이나 중국 전역에서 사용되었다고 한다.

대 중국 황제들이 신께 제사를 지내던 천단 말이야, 천단—."

천단에서의 의식

꽈아꽈아꽝~

요란한 악기 소리가 우렁차게 울려 퍼지는 천단에서는 진시황이 좋아하는 검은색 깃발과 황제를 상징하는 노란 깃발이 펄럭이고, 곳곳에 놓인 거대한 향로에서는 신비로운 연기가 뿜어져 나오고 있었다.

잠시 후 중앙에 턱 하니 자리잡고 앉은 진시황 뒤로 후궁들이 도열하고 있고 이들을 수백 개의 촛불과 호위병들이 겹겹이 둘러싸고 있었다.

"자, 그토록 고대하던 그날이 되었다. 이제 귀비를 불러라."

"예, 황제 폐하."

말숙이는 영문도 모르고 중앙 단상에서 끌려 내려와 병사들에게 둘러싸였다.

"귀비, 네 죄를 알렸다."

"네?"

"너는 먹여 주고 입혀 준 나를 배반하고 다른 사내와 눈이 맞아 탈출하려고 했다. 불로초 사건 당시 납치됐었다고 거짓말을 하긴 했지만, 그 특이하게 생긴 녀석을 바라보던 네 눈빛에 난 상처받았다. 나 예민한 사람이라고 누누이 말했지?"

"억울하옵니다. 저는 그 인간이 너무 불쌍하게 생겨서 인간적으로다 연민을 가진 것뿐입니다."

노빈손에겐 좀 미안하긴 했지만, 한번 성질이 나면 무섭게 추궁하는 진시황이 아닌가. 어찌됐건 일단 이 상황만 모면하면 된다 싶어 말숙이는 연기력을 한껏 발휘해 대충 둘러댔다.

"흠, 그 녀석이 불쌍하게 생긴 건 사실이지. 그런 녀석을 누가 좋아하겠어. 하지만 어디다 대고 거짓말이냐, 거짓말이. 이 내시가 다 불었다. 네가 감히 빈손인가 뭔가 하는 그 녀석에게 연애편지를 쓴 걸 내가 언제까지 모를 줄 알았더냐?"

진시황이 품 안에서 뭔가를 꺼내 말숙이 앞에 툭 내던졌다. 전에 비단주머니에 넣어 둔 죽간이었다.

"어, 이건 내가 빈손이한테 쓴 편진데… 그렇게 찾아도 없더니 어떻게 여기에?"

말숙이가 놀라 고개를 들자 진시황 뒤에서 환관 세시가 고개를 쏘옥 내밀더니 메롱— 하고 혀를 내밀었다.

"아니, 저 저게—."

평소 비리비리하게 보여 무시했더니 이런 엄청난 배신을 할 줄이야. 말숙이는 세시를 항상 내시라고 놀린 걸 후회했지만 이미 버스는 떠난 뒤였다.

"날 배신한 것들은 용서가 안 돼. 내가 왜 평생 동안 장가를 안 간 줄 알아? 여자를 믿지 못해서야. 도대체 믿을 수가

절개의 상징, 차
중국에는 여자와 충신은 절대 두 가지 이상의 차를 마셔서는 안 된다는 금기가 있었다. 생산되는 지방, 종류, 색깔을 바꾸지 않고 한결같이 하나의 차만을 마셔야 된다는 것이다. 이는 장소를 옮겨 심으면 죽는 차나무의 습성 때문에 차가 절개의 상징으로 여겨졌기 때문이다. 따라서 영국인들이 차와 우유를, 러시아인들이 차와 보드카를 섞어 마시는 것을 중국인들은 이해하지 못한다.

있어야지. 여자란 싹 다 교활하고 사악하며 교언영색(巧言令
色)한 종족들이라니까, 으―."

아니, 이거 웬 지구의 모든 여자들을 모욕하는 소리람? 뻔
뻔하게 사람을 납치하고 많은 사람들을 괴롭힌 주제에 여자
가 뭐 어쩌고 어째? 쥐도 코너에 몰리면 고양이를 문다고 그
동안 참고 또 참던 말숙이의 성질이 일순간 폭발했다.

"내가 참자 참자 하니까. 진시황, 아니 이봐요. 진씨―."

"뭐, 저 발칙한 것. 방귀뀐 놈이 성낸다더니 어디다 대고
성질이야, 성질이."

말숙이는 자신도 모르게 목청을 높였다.

"여자를 믿지 못하는 게 아니라 여자가 댁을 안 믿는 거겠
지. 성질 포악하지, 의심 잘하지, 건강에 목숨 걸지. 그런 당
신을 누가 좋아하겠어요? 당신을 정말 사랑해 준 여자가 있
긴 있었어요? 다 진씨 성깔이 무서워서 그냥 좋아하는 척한
거지. 당신에 비하면 우리 빈손이가 백배 천배는 낫다구요."

"괘씸한 것. 연약한 내 가슴에 물파스를 바르다니. 그래,
나 평생 동안 사랑 못 받았다, 그래서 보태준 거 있어? 아유,
심장 벌렁거려. 갈가리! 심장약, 심장약."

후― 후―

청심환을 먹고 흥분을 가라앉히려 애쓰는 진시황은 임산부
처럼 심호흡을 해 댔다.

"감히 나한테 성질내는 여자는 네가 처음이다. 그래도 내

귀비 너를 총애해서 천하를 다시 얻은 다음에 결혼이라도 해
볼까 생각했건만. 이제 국물도 없을 줄 알아라."

"흥, 국물씩이나. 그 국물 안 먹고 냄비째 버릴래요."

"저…, 저…, 좋다. 얘들아, 저년을 당장 가둬라. 의식이 진
행되는 동안 산 제물로 바칠 것이야. 여자라면 이제 지긋지
긋하다. 내친김에 귀비와 한통속인 다른 후궁들― 가리비,
사이비, 와사비, 오랄비, 그리고 물 건너온 바비까지― 몽땅
세트로 끌고 가라. 내가 얼마나 성질 더러운 분인지 확실히
보여 주지. 나도 성질 있다."

산 제물? 아무리 강심장인 말숙이지만 진시황이 생각보다
세게 나오자 좀 당황했다.

"아, 아니… 저기, 그렇게 흥분하실 것까지… 진씨 아저씨
성질 있는 거야, 말 안 해도 잘 알죠. 제가 좀 다혈질이라 잠
시 이성을 잃고…."

"얘들아 뭐 하냐, 어서 몽땅 묶으래두!"

진시황의 명령이 떨어지기가 무섭게 보초를 서고 있던 병
사들이 달려와 말숙이와 후궁들을 거칠게 묶었다. 여자들의
비명소리에 천단은 순식간에 아수라장이 되었다.

"나도 사랑받고 싶어. 난 왜 여자들한테 인기가 없는 거
지? 왜, 뭐 땀시, 와이～～."

진시황의 절규에 갈가리 박사가 개밥에 도토리 들어가듯
이때다 하고 톡 끼어들었다.

영원한 독신남(?)
시황제
아무리 후궁이 많았던
중국의 황제라도 황후
는 항상 단 한 명이었다.
그러나 중국역사에서
황후를 들이지 않은 황
제가 딱 한 명 있었으니
바로 진시황이다. 평소
아무도 믿지 못하는 괴
팍한 성격의 그는 후궁
은 많이 두었으나 죽을
때까지 황후는 두지 않
았으며, 부부가 합장을
한 다른 황제들과 달리
죽어서도 혼자 묻혔다.

"그래서— 제가 준비했습니다. 일명 '사랑의 덫' 입니다. 제가 시범을 보여드리죠. 맘에 드는 여자가 지나다니는 길에 이걸 설치하고 숨어서 지켜보는 겁니다. 그럼 그 여자가 룰루랄라 길을 지나다가 이게 뭐지, 하면서 발을 딱 디디게 되면 이렇게 발이 안 떨어져서 꼼짝 못 하게 된다는 원리죠. 초강력 끈끈이라 웬만해서 절대 안 떨어집니다. 가만, 이게 진짜 안 떨어지네. 아야, 아얏. 황제 폐하 살려 주세요. 발이 완전히 붙어 버렸어요. 내 발, 아이고, 우리 그냥 떨어지게 해 주세요—."

"내가 그랬지, 웬만하면 준비하지 말라고. 얘들아, 저 끈끈이에 붙어 있는 녀석도 후궁들과 같이 당장 끌어내라. 귀비, 감히 날 배신하다니. 가질 수 없다면 부숴 버리겠어. 시간이 다 됐다. 어서 의식을 거행하자."

부활하는 지하대군단

서서히 달이 가려지고 있었다. 조금 전부터 시작된 개기월식으로 모든 것은 이제 어둠 속으로 자취를 감추었다. 오직 어둠만이 가득 찬 대지 위에, 의식이 준비된 천단이 모습을 드러냈다.

"나, 누군지 알지? 진시황, 천하를 통일했던 인물이다. 그런 내가 잘못 먹은 불로초의 부작용으로 죽지도 살지도 못한 채 몇천 년을 지하세계에서 고통받아야 했다. 그러나 오늘, 바로 지금이 오랫동안 기다려 왔던 부활의 시간이다. 천하를 통일한 나의 위력을 다시 한 번 보여 줄 순간이 왔다!"

평소 약물 부작용에 시달리던 부실한 모습은 온데간데없고, 진시황은 엄청난 카리스마를 발산하며 어둠의 세력을 깨우는 마법사라도 된 것처럼 뭔가를 불러내고 있었다.

그 모습을 본 말숙이는 차가운 기운이 온몸을 휘감는 것 같은 느낌이 들어 소름이 좌악 끼쳤다. 뭔지는 알 수 없지만 무언가 엄청난 일이 벌어지고 있음을 본능적으로 느낄 수 있었던 것이다.

진시황은 하늘을 향해 두 팔을 치켜들었다.

"정복의 시간이 왔다. 나의 병사들이여, 긴 잠에서 깨어나라!"

쿠구구궁―

그때였다, 어디선가 땅이 갈라지는 듯한 소리가 들려오기 시작한 것은.

크르르릉～

진시황의 1, 2, 3호 갱이 위치한 곳을 중심으로 땅이 흔들리는가 싶더니 땅속에서 벼락이 떨어지는 아니, 올라오는 소리가 울려 퍼졌다.

그 순간, 갱을 덮고 있던 천장들이 요란한 소리를 내면서

천당이 아니라
천단(天壇)
중국에서 황제가 제사를 올리는 의식을 행하기 위해 설치한 제단을 천단이라 한다. 북경 외성의 남동쪽에 있으며 약 6km의 성곽이 둘러진 안에 원구, 기년전, 황궁우 등의 건물이 있다. 자금성의 3배로 거대한 규모를 자랑하는 천단은 현재 천단공원으로 불리며 많은 북경 시민의 사랑을 받고 있다.

벌어지기 시작했고, 그 충격으로 흙더미와 돌조각들이 떨어져 내렸다. 말숙이는 무시무시한 소리에 고막이 찢어지는 것 같아 눈을 꼭 감고 두 손으로 귀를 막았다.

얼마나 진동이 계속됐을까? 말숙이는 주변이 고요해졌음을 느끼며 눈을 슬며시 떴다.

헉—

말숙이는 자신의 눈앞에서 벌어지는 광경을 도저히 믿을 수가 없었다. 1, 2, 3호 갱들이 땅 위로 그 웅장한 모습을 드러낸 것이다. 아울러 그 안에 있던 병마용들도 함께 그 모습을 드러냈다. 각각의 갱들이 떨어져 있을 때는 몰랐는데, 지금 보니 그것은 진시황을 기준으로 완벽하게 진격 모양을 갖춘 전투태세의 병사들이었다. 끝없는 군대의 행렬로 이어진 병마용들은 단순히 몇 개의 갱 속이 아니라 도시 전체에, 아니 중국 전역에 잠든 채 숨겨져 있었던 것이다.

헐레벌떡 노빈손과 사마구 할아버지가 도착했을 때는 병마용들이 이미 어둠 속에서 지평선과 끝을 같이할 만큼 한없이 늘어선 직후였다.

"벌써 뭔가가 시작되었나 봐요."

"그러게? 기왕 이렇게 된 거 굿이나 보고 떡이나 얻어먹자고. 저 한 상 떡 벌어지게 잘 차려 놓은 음식들 좀 봐. 꼴깍—"

진시황릉에 무관만 있었다고? 천만의 말씀. 진시황릉과 아주 가까운 곳에서 발견된 문관용은 얼굴에 채색이 되어 있고 도포 자락이 바람에 흩날리는 모습이 사실적으로 묘사되어 있다. 고관대작으로 추정되며 팔에 죽간을 꽂았던 흔적이 있는데 죽간에 필기를 하기 위해 칼과 숫돌을 휴대한 모습이 인상적이다.

"아이참, 할아버진 지금 세계의 운명이 바람 앞에 등불, 풍전등화와 같은데 음식 생각이 나요?"

"이럴 때일수록 먹고 힘내야지. 먹고 죽은 귀신은 때깔도 곱다잖아."

으휴—

"너무 늦은 건가? 그런데 말숙이는 어디 있지?"

두리번거리며 말숙이를 찾았지만 말숙이의 모습은 보이지 않고 대신 양팔을 하늘로 치켜든 단상 위의 진시황만이 보였다.

"달의 기운이여, 병사들을 깨우라. 나의 병사들이여, 여기 피로써 너희의 부활을 알리노라."

병사들이 말숙이와 갈가리 박사를 중앙의 제단으로 끌고 왔다. 망나니의 춤이 시작되고 소름끼치는 달빛이 진시황의 얼굴을 광기의 푸른 빛으로 물들였다. 이때였다, 흙으로 만든 병사들이 따닥따닥 소리를 내기 시작한 것은. 처음에는 미세한 진동이더니 병마용들은 어느새 무섭게 흔들리기 시작했다.

쩌억쩌억—

여기저기서 병마용들의 얼굴과 몸이 갈라지기 시작했다. 그리고 그 속에서 뭔가가 꿈틀거리는 것이 보였다.

그렇다, 수천 년을 잠들어 있던 병사들이 진시황의 의식을 통해 깨어나기 시작한 것이다! 그 모습에 놀란 노빈손과 사마구 할아버지는 입을 다물 수가 없었다. 오공이도 난생 처

뭐하는 도용일까?
병마용갱의 발굴이 진행되면서 병사나 장군 토용이 아닌 정체를 알 수 없는 토용이 발견되어 고고학계의 관심을 사고 있다. 다리를 펴고 앉은 이 토용은 자세나 옷으로는 그 신분을 전혀 알 수 없어 그야말로 미스터리 그 자체다. 그저 토용 근처에 청동으로 만든 새와 동물들이 널려 있는 것으로 보아 정원사로 추정할 뿐이다.

음 보는 광경에 두려워하며 할아버지의 품으로 파고들었다.

말숙이 구출 대작전

세상에 이럴 수가―

처음에는 말숙이만 구하면 다 끝날 거라고 생각했다. 그런데, 지금 맞닥뜨린 일은 생각했던 것보다 훨씬 더 스케일이 큰 엄청난 일이었다. 진시황은 지하에 있던 이천 년의 긴 시간 동안 새로운 병마용들을 만들어 내, 한 번 천하의 패권을 움켜쥘 준비를 하고 있었던 것이다.

"이 의식으로 병마용들이 모두 깨어나면 난 천하를 재통일하고 젊어진 몸으로 다시 태어날 것이다. 이날이 오기를 내 얼마나 기다렸던가. 음하하하―."

진시황의 소름끼치는 웃음소리가 천단에 울려 퍼졌다. 병마용 모두가 잠에서 깨어난다면 중국을 넘어 전세계가 위험해질지도 모른다. 지금이 바로 낡은 육신을 버리고 다시는 죽지 않을 영원불사의 몸으로 환생하게 될 진시황의 야망 실현이 초를 다투는 시점이었다.

'어떻게 해야 하지. 말숙아, 넌 도대체 어디에 있는 거야?'

"아직 포기하긴 일러."

어둠 속에서 누군가의 목소리가 들려왔다.

"삼수법사님, 그리고… 장비야!"

반가운 두 사람의 모습에 노빈손이 감격의 눈물을 글썽이자 장비가 머리를 긁적이며 쑥스럽다는 듯 미소를 지었다.

"뭘 그리 감격하고 그래. 우린 도원결의, 아니 도시락결의를 맺은 사이잖아, 안 그래?"

"장비야!"

"빈손아—."

굳게 손을 다잡은 둘 뒤로 또 낯익은 목소리가 날아들었다.

"우리도 왔다."

어, 저 두 분은!

"용주골 이장님, 청계촌 이장님. 이장님이 두 분이니 사장님이라고 불러야 하나요?"

"녀석, 안 그래도 분위기 썰렁한데 어설픈 농담은…."

인상파가 인상을 누그러뜨리며 픽 웃었다.

"내가 연락했다. 아무래도 띨띨한 네 녀석 혼자서는 좀 힘에 부칠 것 같아서 말이다. 119와 군부대에도 연락했는데 내 말을 안 믿더구나."

"할아버지~."

사마구 할아버지의 말에 노빈손은 감동의 눈물이 또 한 번 핑~ 돌았다.

그래, 말숙이를 위해서라도 이대로 주저앉을 순 없다. 세상을 구하는 어려운 일 따위 나는 잘 모른다. 하지만 지금 당

최신 유행하는 머리 스타일?!
진시황의 병마용을 자세히 보면 한결같이 하나로 묶어 올린 머리 모양이다. 그렇다면 혹시 당시 유행하던 최고의 머리 스타일은 업스타일? 아니다. 정작 그런 머리 스타일을 한 이유는 따로 있는데, 바로 전쟁시 적군이 머리채를 잡아채지 못하도록 하기 위해서다. 머리 때문에 싸워 보지도 못하고 패하면 너무 억울하잖아.

장은 말숙이를 구해야 한다. 삼수법사님 말대로 한 사람을
구하는 일이 세계를 구하는 일일지도 모르니까.

노빈손이 갑자기 자리에서 벌떡 일어났다.

"이봐, 진시황! 당신 맘대로 되진 않을 거야!"

갑자기 의식을 방해받은 진시황은 방해꾼을 찾아 사방을
두리번거렸다.

"이건 또 뭐야, 끈질긴 녀석. 내가 준 힌트를 용케도 알아
냈구나. 운 좋게도 여기까지 왔다만 내가 너랑 상대가 된다
고 생각하나? 되게 거슬리네, 건방진 녀석. 너 느낌 아주 안
좋아."

진시황은 노빈손을 노려보다가 노빈손 뒤의 사람들을 보
고 갑자기 파안대소하기 시작했다.

"푸하하! 뭐냐, 고구마 줄거리처럼 뭔 애들은 주렁주렁 달
고 와서는. 땡중에, 원숭이에, 돼지에…, 어쭈, 너희 《서유기》
찍냐? 켈켈켈."

그리고 보니 어디서 많이 본 실루엣인데?

삼장법사랑 비스무리한 소림사 주지 삼수법사, 원숭이 오
공이, 그리고 저팔계를 꼭 닮은 주방장 장비까지 한군데 모
아 놓으니 《서유기》의 한 장면이 따로 없다.

"손오공이 아니라 옥황상제가 와도 어림없다. 여봐라, 저
《서유기》 짝퉁 같은 녀석들을 잡아라!"

진시황의 신호가 떨어지자 병사들이 점점 노빈손 일행을

향해 모여들기 시작했다. 화살도 무기도 아무 소용없었다. 삼수법사님이 데려온 최강의 무공을 자랑하는 소림사 십팔나한(十八羅漢)도 인해전술로 밀려드는 진시황의 병사들 앞에서는 추풍낙엽처럼 나가떨어질 뿐이었다. 까만 개미가 먹이를 향해 달려드는 것처럼 끝이 보이지 않는 수많은 병사들이 점점 더 노빈손 일행을 향해 간격을 좁혀 오고 있었다.

"잘 봐라 귀비. 네 그 잘난 남자친구의 최후가 어떤지. 그리고 귀비 너도, 이것이 최후다. 애들아 시작해라—."

망나니들이 시퍼렇게 날이 선 칼을 들고 말숙이와 후궁들을 향해 모여들었다. 여자들의 비명소리로 아비규환이 된 제단 옆에는 겁에 질린 나머지 실신한 갈가리의 모습도 보였다. 갈가리 박사에겐 가차 없이 촤아악— 찬물이 퍼부어졌다.

"저리 안 가? 내 이단옆차기 맛 좀 볼 테야. 아님 말구. 물럿거라, 물럿거라."

말숙이가 급한 마음에 흡혈귀를 쫓을 때처럼 십자가 모양을 그어 보지만 그렇게 해서 물러갈 병사들이 아니었다.

"너희들 정말 이러면 나… 나… 꼴까닥—."

마침내 축 늘어진 말숙이.

"말숙아—."

호강 한번 못 시켜 주고, 제대로 된 옷 한 벌, 밥 한 끼 못 사줬는데…. 아니, 이건 우리 아빠가 엄마한테 하는 소린데. 암튼 어떻게 해서 여기까지 왔는데 눈앞에 있는 말숙이를 구

하지 못하다니. 이렇게 당하고만 있을 순 없어. 뭔가를 해야
한다.

그 와중에도 병마용들은 마치 다시 태어나는 생명체처럼
균열을 계속하고 있었다.

그때 주머니에 있는 여의주가 만져졌다. 문득 금서에 쓰인
한 줄의 글이 노빈손의 머릿속에 떠올랐다.

가장 작은 것이 가장 큰 것을 이기리라.

진시황의 웃음소리가 천지를 뒤흔들었다.

"이제 모든 병사들이 깨어나 진용이 완벽하게 갖춰지면 나 진시황은 다시금 영원한 젊음을 얻게 된다. 움하하핫—."

저 수많은 병마용들이 모두 깨어나면 전세계에 어떤 파장을 도미노처럼 미칠 것인가… 노빈손은 가슴속이 터져 버릴 것만 같았다.

"잠깐, 도미노?"

노빈손의 머리가 갑자기 번개에라도 맞은 것처럼 번쩍했다.

정의는 마지막에 웃는다

"말숙아, 기다려—."

노빈손은 소리치며 진시황이 있는 단상으로 뛰어 올라갔다.

"이 녀석아, 정신차려. 지금 갔다간 너도 끝장이야!"

사마구 할아버지의 만류도 노빈손의 귀에는 들리지 않았다. 단지 지금의 이 사태를 막아야 한다는 일념뿐이었다. 노빈손은 몸을 날려 용의 여의주를 병마용들을 향해 힘껏 던졌다.

따아악—

맨 앞에 있던 병마용의 이마에 정통으로 여의주가 맞았다. 순간, 시간이 정지한 것 같았다. 2~3초가 흐르고 구슬에 맞은 병마용이 뒤로 천천히 슬로모션으로 쓰러졌다. 아무것도 변하지 않는 듯했다. 하지만 뒤로 쓰러진 병사는 바로 뒤의

황제의 아내 황후는 공식행사 때 황후조관이라는 보석과 진주, 그리고 금으로 장식된 봉황 모자를 썼다. 세 마리의 봉황이 아름답게 장식된 이 황후조관은 황후만이 쓸 수 있었으며, 다른 후궁들은 신분 등급에 따라 봉황의 수가 줄어들었다고 한다. 봉황 수에 따라 궁중의 여인들은 울고 웃었다.

병마용에게 곧바로 부딪쳐 도자기가 깨지듯 산산이 부서졌
다. 거대한 건물이 무너지듯 쓰러져 내리는 병마용.

쨍그랑—

한 병사가 쓰러지면서 뒤의 병사에게로, 또 그 뒤의 병사
에게로 파장이 미쳤다. 뒤의 병사 역시 금이 가 깨져 무너져
내리고…, 그 병사는 뒤의 병사에게 부딪치고…. 흙으로 만
든 진시황의 병사들은 도미노가 쓰러지듯, 공든 탑이 무너지
듯, 네덜란드 소녀가 막고 있던 둑이 무너지듯, 눈 깜짝할 사
이에 연속적으로 그렇게 뒤로뒤로 차례로 쓰러져 깨졌다.

우장창창창창—

바람이 불어와 들판의 풀들이 재빨리 누워 버리는 것처럼,

호수 중심에서 시작된 파장이 가장자리로 넓게 퍼져 나가는 것처럼, 그렇게 시작된 파장은 넓게 멀리멀리 퍼져 나갔다.

수십만 대군이 순식간에 가마 주변에 널린 사금파리처럼 스러져 갔다. 흙으로 만들어 도자기를 굽듯이 빚어낸 병사들이 완전히 환생하지 못한 채 노빈손이 던진 구슬에 맞아 깨진 것이다.

"이, 이것들이 내 군대를…."

안색이 푸르뎅뎅하게 변한 진시황은 검버섯 핀 얼굴로 울부짖었다. 이때 물을 맞고 부스스 정신을 차린 갈가리 박사가 또 끼어들었다.

"그래서─ 준비했습니다. 그 어떤 깨진 것도 감쪽같이 붙일 수 있는 초강력 본드. 사랑의 덫을 만들고 좀 남았거든요."

"집어치워. 아아악─."

어둠을 잡고 있던 개기월식이 끝나고 달이 본모습을 드러냈다. 검은 어둠 속에서 서서히 등장한 달은 환한 해만큼이나 눈부셨다.

"빛… 빛이다, 악… 으아악, 내 이천 년의 꿈이 이렇게 무너지다니."

이천 년을 빛과 떨어져 살던 진시황은 재활의 기회를 상실한 채 달빛에 썩듯이 타 들어갔다. 이때 동쪽 하늘이 밝아지며 해가 그 맑은 얼굴을 수줍게 내밀었다.

푹썩─

지하세계에서 이천 년을 살다가 간만에 아침햇살을 본 진시황은 순식간에 타 들어가 한 줌의 흙으로 변해 버렸다. 그리고는 땅 위로 폭싹 주저앉아 내렸다.

"인생사 허무하다. 영화도 권력도 다 이렇게 한 줌 흙과 같은 것을…. 그나저나 가장 조그만 것이 가장 큰 것을 이겼구나. 나무아미타불 관세음보살—."

삼수법사는 합장을 하고는 똑똑똑 목탁을 치며 염불을 외웠다. 이승에 미련 많은 인생을 떠나보내기 위한 이 조촐한 의식이 그에게 안식을 가져다 주기를 노빈손은 진심으로 빌었다. 잘못된 욕망의 노예가 되긴 했으나 진시황은 그래도 거대한 중국대륙을 최초로 통일한 위대한 황제임에는 틀림

228

없으니까.

"빈손아아아아―."

할아버지와 오공이가 다다다 달려와 양쪽에서 듀엣으로 노빈손을 얼싸안았다.

"무사하냐? 네가 진시황을 물리친 거야. 장하다 장해―."

"헤헤, 그렇게 되나요. 아참, 말숙이, 말숙아!"

달려가 보니 말숙이는 이미 시들어 버린 화초처럼 사지를 축 늘어뜨리고 있었다.

"말숙아, 정신차려. 말숙아, 내가 잘못했어. 내가 이제부터 너한테 잘할게. 제발 깨어나기만 해."

그 말이 끝나기가 무섭게 말숙이가 번쩍 눈을 떴다.

"너 그거 정말이지?"

"어… 어떻게 된 거야?"

"어제 잠을 못 잤더니 너무 졸립더라구. 너도 알잖아, 내가 배고픈 거랑 졸린 거 못 참는다는 거. 후훗―."

으이그, 누가 말숙이 아니랄까 봐.

이미 사태는 다 종료되고 깨진 도자기 파편들만 가득 찬 주위를 둘러본 말숙은 깜짝 놀랐다.

"어머, 어디 그릇 가게 망했니? 이 깨진 도자기들은 다 뭐며, 진시황의 병사들은 누가 다 물리친 거야?"

기껏 힘들게 구해 냈더니 자느라고 남자친구의 멋진 활약을 보지도 못하고. 진짜 말숙이답다.

생선이 썩어가고 있다
시황제는 50살이 되던 기원전 210년, 동쪽 지방을 시찰하다가 숨을 거둔다. 당시 그의 죽음을 안 사람은 막대 아들인 호해, 환관 조고, 재상 이사 세 사람뿐이었는데, 무더운 날씨 때문에 주검이 썩어 냄새가 나자 이를 감추기 위해 상여 수레 뒤에 생선 수레를 따르게 함으로써 황제의 죽음을 감추었다고 한다.

"나지 누구겠어? 이 노빈손이 병사들도 물리치고 너도 구한 거라구."

"니가 날 구해? 호호호. 너 무슨 농담을 그렇게 심하게 하냐? 내가 너랑 놀아 주는 것만으로도 넌 내가 구한 거야. 아직도 그걸 모른단 말야?"

하하하 호호호—

천단에 말숙이와 노빈손의 통쾌한 웃음이 오래오래 이어졌다. 이를 두고 정의는 마지막에 웃는다고 했던가. 세상 사람들은 노빈손이 중국, 아니 전세계를 구했다는 사실을 알까? 상관없다. 알거나 말거나 중요한 건 그게 아니니까.

진나라의 멸망 그 이후,
항우 vs 유방
진나라가 멸망한 후 항우는 스스로 서초패왕(西楚覇王)이라 칭하면서 유방을 한나라 왕으로 봉했다. 기원전 206년 항우와 유방은 서로 황제가 되기 위해 4년에 가까운 전쟁을 벌였다. 역사에서는 이를 초한전쟁이라고 칭한다. 두 영웅의 싸움은 진을 멸망시켰던 거구의 항우가 처음에는 우위를 차지했으나, 나중에는 사람을 부리는 데 유능했던 유방이 역전한다.

"어, 말숙아 너 지금 뭐 해?"

"머리를 오랫동안 못 감아서 말야. 가려워 혼났네."

말숙이는 주변에 흐르는 개천에 머리를 감고 있었다.

"가만… 개천에서 머리를 감는 여인, 내가 만나게 된다는 이상형의 여인이 그럼 말숙이? 오우 노—."

신비한 중국, 베일을 벗겨라

중국 맛 한번 볼래?
자장면 맛보다 좋지, 물론!

나는 중국의 문화와 역사에 대해 얼마나 알고 있을까?
거대하고 신기하고 알 듯 모를 듯 재미난 중국의 역사와 문
화. 내 실력을 한번 테스트해 보자.

긴가민가 OX 퀴즈

1. 서태후는 한 번도 물로 세수를 하지 않았다. ☐

2. 만주족 여성들은 한족 여인들처럼 전족을 하지 않고 통굽 하
   이힐을 신었다. ☐

3. 중국의 황제는 여러 명의 황후를 둘 수 있었다. ☐

4. 진시황은 천하를 통일하자마자 자신의 무덤 제작에 착수하여
   이것이 다 완성되기도 전에 죽었다. ☐

5. 남존여비 사상이 강했던 중국에도 여성 황제가 있었다. ☐

6. 역대 중국의 황제들은 금과 옥으로 만든 화려한 화장실을 지
   었다. ☐

7. 서태후는 피부 노화 방지와 미용을 위해 산모의 모유를 간식
   으로 먹었다. ☐

8. 황제의 공식행사 때에는 코끼리를 맨 앞자리에 도열시켰다. ☐

헷갈리는 사지선다 퀴즈

1. 잘 나가던 당나라를 쇠락의 길로 들어서게 했으며 '말을 알아
   듣는 꽃' 이라는 뜻의 고사성어 해어화(解語花)의 주인공은? ☐

① 양귀비　② 조비연　③ 서시　④ 왕소군

2. 다음 중 황제의 후궁을 뽑을 때 고려한 것이 아닌 것은? □

　① 손발 길이　② 손금　③ 목소리　④ 머릿결

3. 다음 중 중국을 뒤흔든 4대 민중 봉기가 아닌 것은? □

　① 황건적의 난　② 홍건적의 난　③ 홍길동의 난　④ 태평천국의
난

4. 중국 황제를 상징하는 상상 속의 상서로운 동물은? □

　① 봉황　② 기린　③ 주작　④ 용

5. 황제가 되기 전 진시황의 본명은? □

　① 정　② 장　③ 종　④ 중

6. 다음 중 황제의 애완동물인 것은? □

　① 바퀴벌레　② 귀뚜라미　③ 지렁이　④ 메뚜기

7. 다 먹는 데만 3박 4일이 걸린다는 중국 황제의 만찬 이름은? □

　① 탕수육　② 탕평채　③ 만한전석　④ 자장면

8. 다음 중 중국의 4대 발명품이 아닌 것은? □

　① 나침반　② 종이　③ 화약　④ 젓가락

9. 중국 최고의 악녀 서태후의 애칭은? □

　① 늙은 부처　② 늙은 마녀　③ 엽기적인 그녀　④ 늙은 여우

10. 다음 중 《서유기》에 나오는 인물이 아닌 것은? □

　① 손오공　② 삼수법사　③ 사오정　④ 저팔계

11. 《삼국지연의》에서 유비, 관우, 장비가 도원결의를 맺은 장소
는? □

　① 딸기밭　② 참외밭　③ 복숭아밭　④ 커피숍

12. 황제가 하늘의 천제에게 제사를 지내는 곳으로, 3단 원추형
청색 지붕을 지닌, 북경에 위치한 건물은? □

　① 극락　② 천국　③ 천당　④ 천단

13. 중국 통일 후 진시황이 통일한 것이 아닌 것은? ☐

  ① 식당 메뉴   ② 도량형   ③ 문자   ④ 바퀴폭

보너스 주관식 퀴즈

1. 종이가 발명되기 이전에 중국에서 대나무로 만든 책의 이름
   은? ☐

2. 중국대륙을 통일한 후 진시황이 택한 나라를 상징하는 두 가
   지 색깔은? ☐

3. 글자를 나눠 해석하는, 중국의 점치는 법은? ☐

긴가민가 OX 퀴즈 정답

1. O   2. O   3. X(후궁은 여러 명이었으나 황후는 단 한 명
이었음)   4. O   5. O   6. X(요강 사용)   7. O   8. O

헷갈리는 사지선다 퀴즈

1. ①   2. ②   3. ③   4. ④   5. ①   6. ②   7. ③   8. ④
9. ①   10. ②   11. ③   12. ④   13. ①

보너스 주관식 퀴즈

1. 죽간   2. 노란색, 검은색   3. 파자점

▶ **다 맞춘 사람** 참 잘했어요. 중국 전문가로 나서도 좋을 듯~.

▶ **다 틀린 사람** 몰라도 사는 덴 지장 없으나 그래도 잘사는 덴
   지장이 많을 것임.

▶ **안 풀어 본 사람** 다 틀린 사람보다 더 나쁨. 자, 가슴에 손을
   얹고 깊이 반성, 또 반성.

亨後

의외의 동업자

중국 북경의 천단에서 진시황 시대의 것으로 보이는 죽간이 발견되어 고고학계의 비상한 관심을 불러일으키고 있다. 상해 고고학 박물관에 의하면 이번에 천단 기년전의 벽돌 사이에서 발견된 죽간은 진시황 시대의 한자로 쓰였으며 제작년도를 BC 2세기경으로 추정하고 있다. 높은 신분의 여성이 쓴 것으로 보이는 이 편지는 특히 여성 특유의 섬세하고 아름다운 문장으로 현존하는 최고(古)의 연애편지로 평가받았는데, 보존 상태가 양호하고 문체가 아름다워 지금까지 발굴된 고(古) 편지 중 백미(白眉)로 뽑힐 만하다. 편지의 전문은 다음과 같다.

도련님.

그동안 무고하셨나이까?

매 계절이 지나도록 뵙다가 이렇게 서신을 보내려 하니 심히 황망하고 얼굴이 붉어지옵니다.

천지간의 만남에는 두 가지가 있으니 하나는 임금과 신하의 만남이요 다른 하나는 그대와 저의 만남이 아닐는지요.

벌이 꽃을 찾는 것은 자연의 섭리이거늘 그대를 사모하는 제 마음을 허락해 주십시오.

그럼 다시 뵈올 날까지 두루 편안하시옵소서.

귀비 올림

마지막 황제, 부의

부의는 자신의 의지와 상관없이 제국주의와 반봉건주의라는 시대적 흐름에 떠밀려 황제 자리에 세 번씩이나 즉위하고 또 퇴위한 기록을 가지고 있다. 이후에는 수용소, 감옥을 전전하다가 결국 식물원 정원사로 파란만장한 삶을 마쳐야만 했다. 그는 5명의 부인을 두었지만 자식 하나 없이 쓸쓸하게 생을 마감했다.

"엥, 이건 내가 쓴 편지잖아?"

말숙이는 중국 땅에서 노빈손이 어렵게 구한 우리나라 신문을 읽다가 웃음을 터뜨렸다.

"뭔 소리야?"

"아, 아냐. 후훗—."

'애가 무슨 신문을 만화책 보듯이 읽네.'

신문을 보며 혼자 킥킥거리는 말숙이를 보며 노빈손은 의아했다.

"그건 그렇고 빈손아, 이번엔 고생 많이 했으니까 나랑 같이 집으로 돌아가자."

"아니, 난 세계여행을 계속할 거야. 더 넓은 곳을 향해서 말야. 아직 가 보지 못한 곳이 너무 많아."

"흥, 아직 고생을 덜했구나. 날 두고 가면 십 리도 못 가서 관절염 걸릴지도 모르니까 조심하라구."

아쉬운 작별의 시간이 지나고 다음 여행지를 향해 길을 떠나는 노빈손의 모습이 점점 멀어져 가고 있었다. 말숙이는 노빈손의 모습이 사라질 때까지 손을 흔들었다.

"후훗, 내가 남자친구 하나는 잘 뒀다니까."

활기가 넘치는 중국의 시장, 그 한복판에서 낯익은 목소리가 들려온 건 그때였다. 그 목소리의 주인공은 바로….

"자자— 날이면 날마다 오는 게 아닙니다. 애들은 가, 애들

애국하는 방법도 여러 가지

위·촉·오 이 삼국은 600년간 서로 연합하고 대립하는 관계를 반복하면서 천하통일을 위한 치열한 경쟁을 벌였다. 중국의 긴 역사에 비해 비교적 짧은 삼국 항쟁사가 어떻게 해서 역사에 문외한인 일반 사람들도 알 수 있게 되었을까? 이것은 삼국이라는 역사보다는 나관중이라는 천재적인 소설가가 정치, 사회, 문화를 흥미진진한 소설 《삼국지》로 엮었기에 가능한 일이었다. 우리나라 역사를 가지고 멋진 소설을 써 볼 사람 어디 없나.

은 가라잉. 단, 돈 있는 애들은 와도 돼, 와라잉. 자, 오실 땐 단골손님. 안 오시면 남이랍니다. 홍콩 앞바다에 콜라병이 떴어도 빨대 없이는 못 마십니다. 부빠라바바 부빠빠. 작년 에 왔던 사마구, 죽지도 않고 또 왔네.”

사람들이 하나둘씩 사마구 할아버지의 구성진 목소리에 끌려 모여들었다. 할아버지 옆에는 늘 그랬듯이 원숭이 오공이가 있었고, 그리고 오공이 옆에는 못 보던 뉴 페이스가 있었으니 바로…, 갈가리 박사였다!

“자, 자양강장계의 위대한 신화, 위대한 역사가 사마천의 직계후손 사마구와 과학계의 살아 있는 신화, 노벨상을 안 줘서 못 받은 천재 발명가 갈가리 박사와의 환상적인 합병이 이루어졌습니다. 자, 언제 봐도 환상의 팀워크를 자랑하는 젓가락 쇼, 쇼, 쇼~.”

따이 따이 따잇—

사마구 할아버지, 오공이, 갈가리 박사, 이렇게 셋이 차례로 젓가락을 콧구멍에 대고 힘차게 부러뜨리자 모인 사람들의 박수소리가 높아졌다. 어느새 구경꾼들이 구름 떼처럼 몰려들어 빈자리를 찾아보기 힘들었다.

꺅각각 끼 끽끽—

“그래, 오공아. 나도 네 동생을 닮은 그 노빈손 녀석이 벌써부터 보고 싶다. 하지만 우리 집 가훈이 뭐냐? 대기만성 아니냐. 항상 대기하고 있다 보면 언젠간 또 만날 수 있을 게야, 안 그러냐?"

사마구 할아버지는 원숭이의 머리를 한번 쓰다듬어 주고는 목청을 높여 구성지게 외쳤다.

"자자, 다들 모이세요. 50년 연구 끝에 탄생한 사마구표 특제 자양강장 피로회복제, 이 약을 사시면 오늘 여러분에게 새로운 세계를 열어드릴 물건들을 옴팡지게 얹어드립니다. 한 번 구우면 온 동네가 잔치를 벌일 수 있는, 이보다 더 큰 사이즈는 없다, 초대형 풀빵 기계! 거기다 한 번 걸리면 다시는 빠져나올 수 없는 이름하여 사랑의 덫까지!"

사람 실물 크기의 초대형 빵틀과 초강력 접착제를 이용한 사랑의 덫이 무대 중앙으로 등장하자, 생전 처음 보는 진기한 물건에 모인 사람들 모두 탄성을 질렀다. 이때를 놓칠세라 사마구 할아버지의 넉살좋은 멘트가 구수하게 이어졌다.

"자, 진시황도 놀라 자빠진 환상적인 발명품, 사람 크기의 빵틀과 덫 중의 덫, 사랑의 덫! 이 두 가지를 모조리 사은품으로 드리는 기회, 놓치지 마세요. 자, 오늘도 여러분 인생에 활력을 드리는 물건을 그득 싣고 나왔습니다. 박수치셔도 됩니다, 여러분 —"

중국 역사 한눈에 꿰뚫기

중국 맛 한번 볼래?
자장면 맛보다 좋지, 물론!

중국이라는 거대한 코끼리, 어디부터 더듬을까?

흔히들 역사가 길면 이해하기 어렵다고 한다. 광대한 영토에서 단절의 역사 없이 번영을 지속해 온 중국. 그 역사는 세계 4대 문명지 중 하나인 황하에서 시작되었으며, 중국의 앞선 문명은 우리나라를 비롯한 주변국에 커다란 영향을 미쳤다.

자, 이제 웅대한 규모를 자랑하는 중국의 역사를 한번 살펴볼까? 중국의 역사와 우리나라의 역사를 비교하며 살펴보는 것도 역사에 대한 이해를 높이는 데 중요한 방법 중 하나라구.

239

세기	중국			한국
	하(BC 21C ~ BC 16C)			청동기 문화
	은(BC 1600 ~ BC 1046)			
	서주(BC 11C ~ BC 771)			고조선
	동주 (춘추 BC 770 ~ BC 403) (전국 BC 403 ~ BC 221)			철기 문화
BC 2세기	진(BC 221 ~ BC 206)			위만조선
	전한(BC 202~8)			
BC 1세기				
1세기	신(8~23)			삼국시대
2세기	후한(25~220)			
3세기	위(220~265)	촉(221~263)	오(222~280)	
	서진(265~316)			
4세기	서호십육국	동진(317~420)		
5세기	북위(386~534)	송(420~479)		
6세기	서위북주 (535~581)	동위북제 (535~581)	제(479~502) 양(502~557) 진(557~589)	
	수(581~618)			
7세기	당(618~907)			통일신라
8세기				
9세기				
10세기	요 (916~1125)	오대(907~960)		고려
11세기		북송 (960~1127)		
12세기	금 (1115~1234)		서하 (1038~1227)	
13세기		남송 (1127~1279)		
	몽골			
14세기	원(1271~1368)			
15세기	명(1368~1644)			조선
16세기				
17세기				
18세기	청(1644~1912)			
19세기				대한제국
				일제 식민지시기
20세기	중화민국(1912~1949)			대한민국
	중화인민공화국(1949~)			